조선남자
朝鮮男子
-천능의 주인-

조선남자 9권

초판1쇄 펴냄 | 2020년 06월 23일

지은이 | K.석우
발행인 | 성열관

펴낸곳 | 어울림 출판사
출판등록 / 2009년 1월 23일 제 2015-000062호
주소 / 경기도 고양시 일산동구 무궁화로 43-55, 801호 (장항동, 성우사카르타워)
TEL / 031-919-0122
FAX / 031-919-0127
E-mail / 5ullim@hanmail.net

ⓒ2020 K.석우
값 8,000원

ISBN 978-89-992-6600-3 (04810)
ISBN 978-89-992-6190-9 (SET)

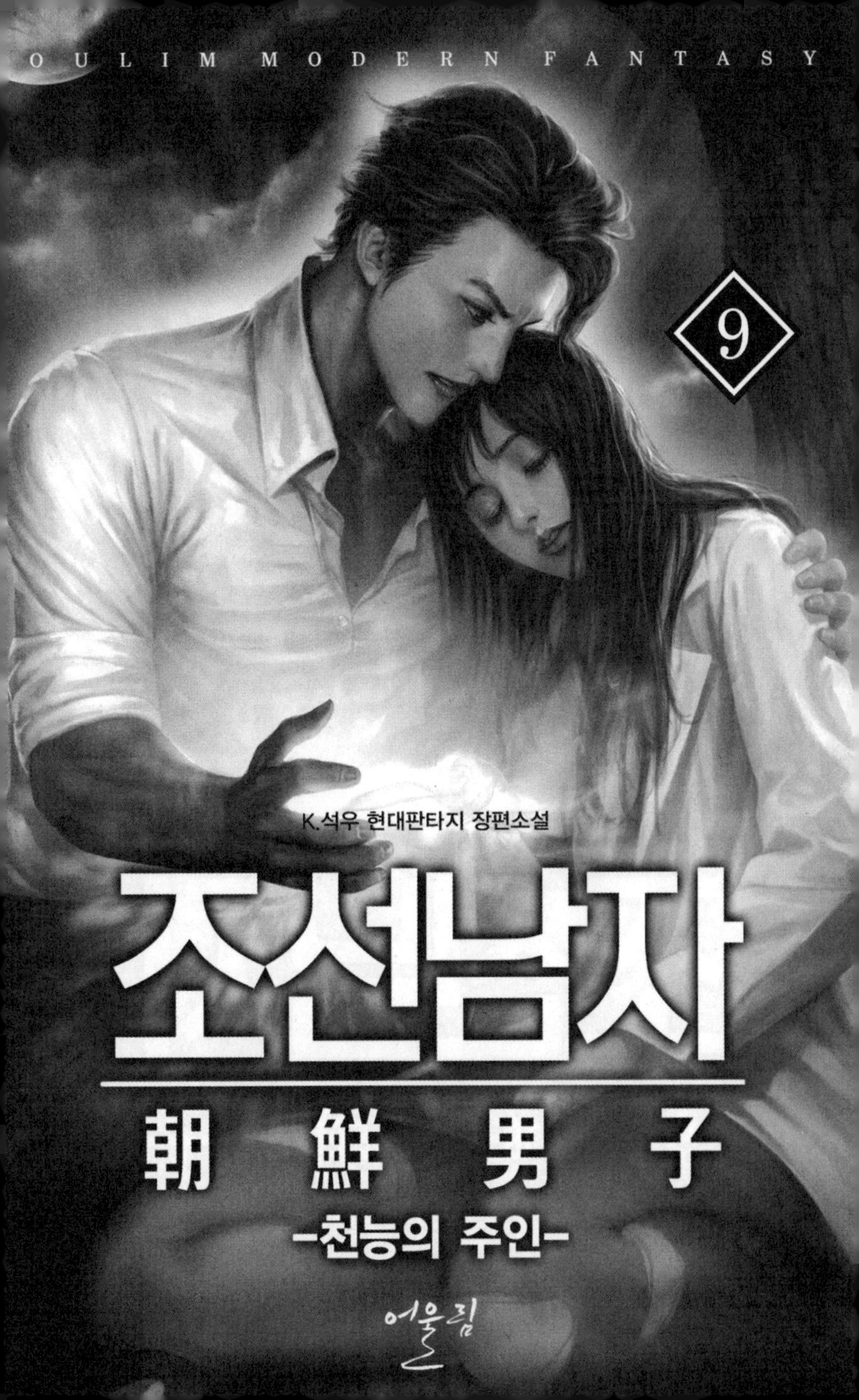
OULIM MODERN FANTASY
9
K.석우 현대판타지 장편소설
조선남자
朝鮮男子
-천능의 주인-
어울림

조선남자

朝鮮男子

-천능의 주인-

목차

필독

본문에 등장하는 의학용어는 가급적 현재 의학용어에 맞게 사용할 예정입니다.

다만 의료상황이나 응급상황을 묘사함은 현실의 의료상 황이나 응급상황과는 다른 작가의 작품구성 상 필요에 의해 창작되었음을 알려드립니다.

또한 본문에서 언급하는 지역과 인간관계, 범죄행위, 법과 현 시대의 묘사는 현실과 관계없는 허구임을 밝힙니다.

조선남자

朝鮮男子

-천능의 주인-

어떤 인연

 9월이 시작되면서 온 세상을 찜통처럼 달구어놓을 정도로 지독하게 더웠던 여름이 지나가는 것을 몸으로 실감할 수가 있었다.

 이제는 해가 기울면 제법 선선한 바람까지 느껴질 정도였고 새벽이면 서늘한 찬 기운을 느낄 수도 있었다.

 빙글.

 자신이 앉아 있는 회전의자를 빙글 돌린 박영진의 눈에 강 건너 보이는 뚝섬유원지의 모습이 들어왔다.

 흔들리는 시선으로 창밖을 바라보고 있던 박영진의 안색은 딱딱하게 굳어 있었다.

그의 머릿속에 이제는 타인으로 갈라선 전처 윤소정의 목소리가 다시 떠올랐다.

'2시 비행기로 오늘 떠나요. 당신에게는 일준이와 이준이를 볼 수 있는 마지막 기회일 거예요. 뭐 오지 않는다고 해도 상관없어요. 아이들도 아빠에 대한 기억은 없는 것이나 같으니까요. 다만 아이들이 당신의 자식이었으니 당신에게 알려주는 것뿐이에요. 오는 것도 당신의 선택이고 오지 않는 것도 당신의 선택이지만 이번에는 무엇이든 잘 선택해야 할 거예요.'

아내였던 윤소정의 담담한 목소리는 박영진에게는 이유를 알 수 없는 묘한 상실감을 안겨주었다.

박영진이 힐끗 머리를 돌려 자신의 사무실 벽에 걸린 시계를 바라보았다.

오전 11시가 갓 지나고 있었다.

지금 공항으로 달려간다면 한국을 떠나는 아내와 아이들의 얼굴을 마지막으로 볼 수 있을 것이라는 생각이 들었다.

윤소정은 무슨 일이건 한번 결정을 내리는 것을 어렵게 생각했다.

그렇지만 이미 내려진 결정에는 두 번 다시 결정을 번복

하는 일이 없을 정도로 단호했던 윤소정의 습성을 박영진은 너무나 잘 기억하고 있었다.

자신과의 이혼도 참으로 많이 망설이고 힘들어했지만 이혼을 결심한 이후부터 윤소정은 박영진에게 손톱만큼의 미련도 갖지 않았다.

이번에 한국을 떠나게 되면 윤소정의 말처럼 두 번 다시 일준이와 이준이를 볼 수 없으리란 것도 틀림없다.

박영진의 눈매가 살짝 흔들렸다.

이곳을 찾아와 홀가분한 얼굴로 돌아가던 윤소정의 얼굴이 떠올랐다.

그녀로서는 미루어왔던 이혼이라는 결정이 참으로 힘든 선택이었을 것이다.

다만 한번 결정한 뒤 되돌리려는 미련 따위는 전혀 보이지 않았던 것이 박영진에게는 묘한 허탈감을 안겨주기도 했다.

박영진이 혼잣말로 중얼거렸다.

"아이들에게 난 어떤 아빠로 기억될까?"

자신의 핏줄을 타고 태어났지만 단 한 번도 아이들에게 아버지로서의 부성을 느끼지 못했다.

하지만 그런 아이들이 영원히 자신의 곁을 떠난다는 것에 묘한 상실감을 느끼고 있었다.

그건 박영진으로서는 미처 생각하지 못했던 감정이었다.

아내였던 윤소정이 자신과 영원히 결별하는 것을 선택했을 때에도 그런 감정을 조금 느끼긴 했지만 지금의 감정과는 또 다른 느낌이었다.

빙글.

박영진이 회전의자를 돌려서 다시 책상 쪽으로 몸을 돌려 앉았다.

그가 빠르게 인터폰을 눌렀다.

삐익―

뾰족한 기계음이 들리고 이내 비서인 안여진의 목소리가 들렸다.

―네! 실장님.

박영진이 굳은 얼굴로 입을 열었다.

"외출할 것이니까 최비서에게 차를 준비하라고 전하세요."

―알겠습니다.

안여진의 대답을 들은 박영진이 의자에서 일어섰다.

여전히 와이셔츠에 티끌 하나 보이지 않을 정도로 깔끔한 모습이었다.

와이셔츠에 넥타이 차림이지만 단 한곳도 비틀어진 모습이 보이지 않을 정도로 너무나 완벽한 박영진의 입성이다.

머리칼도 단정했고 턱 아래도 수염을 깎은 자리가 파랗게 비칠 정도로 정돈되어 있었다.

자신의 책상 옆에 비치된 옷걸이에 걸어놓은 수트를 걷어서 몸에 걸쳤다.

 완벽하게 단추까지 채운 박영진이 힐끗 자신의 사무실을 돌아보았다.

 자신이 출근하기 전에 비서실에서 완벽하게 청소를 해놓았기에 먼지 한 톨도 보이지 않았다.

 이내 몸을 돌린 박영진이 자신의 집무실을 나섰다.

 집무실을 나서면 곧장 비서실과 이어지고 반대편으로는 기획조정실 직원들의 사무실이었다.

 박영진이 자신의 사무실을 나서자 비서실 직원들이 전부 자리에서 일어섰다.

 기획조정실의 직원들에게 기조실장 박영진은 시선조차 마주치는 것이 두려울 정도로 어렵고 무서운 존재였다.

 좀 전에 박영진과 인터폰 통화를 했던 비서 안여진이 박영진을 보며 머리를 살짝 숙였다.

 "로비에서 최비서님께서 대기하고 계십니다."

 최비서라면 박영진의 수행비서인 최태명 비서를 말하는 것이었다.

 박영진이 사외외출을 할 때는 항상 지근에서 수행하는 것이 그의 임무였다.

 박영진이 머리를 끄덕이며 입을 열었다.

 "오후 4시 전에는 회사로 복귀할 것이니까 결재할 것이 있다면 그 시간 이후로 미루도록 하세요. 그리고 혹시 회장실에서 날 찾으면 협력사 방문을 위해서 나갔다고 전해요."

"알겠습니다. 실장님."

안여진이 공손하게 대답했다.

박영진이 작게 머리를 끄덕인 후 이내 걸음을 옮겼다.

박영진의 눈에 기획조정실의 전 직원들이 업무를 중단하고 일어서서 자신이 움직이는 것을 바라보고 있는 모습이 들어왔다.

박영진은 자신의 집무실에서 잘 외출을 하지 않는 편이었다.

회장실에서 급한 일로 자신을 찾는 경우가 아니라면 대부분의 업무는 자신의 집무실에서 처리를 하는 것이 박영진의 근무패턴이었다.

이내 박영진이 엘리베이터 앞쪽으로 걸어갔다.

엘리베이터의 붉은 시그널 램프가 푸른색으로 바뀌면서 엘리베이터의 문이 열렸다.

박영진이 엘리베이터의 안으로 사라지자 그제야 기획조정실의 직원들이 긴 한숨을 불어냈다.

박영진의 비서 안여진이 자신의 가슴 앞섶을 손으로 만지며 책상에 앉았다.

안여진과 함께 근무하던 여직원 이수영이 딱딱하게 굳은

16

얼굴로 엘리베이터 속으로 사라진 박영진의 뒷모습을 보며 중얼거렸다.

"안비서님! 난 요즘 들어 매일매일이 살얼음 위를 걷는 것 같아요. 실장님이 웃는 것을 본 적이 없어요, 정말."

안여진이 한숨을 불어냈다.

"사모님과 이혼하시고 더 변하신 것 같아."

박영진의 이혼소식은 동신그룹에서는 그렇게 많이 알려지지 않았지만 같은 공간에서 일하는 이곳 기조실에서는 모르는 사람이 없을 정도였다.

다만 박영진의 성격을 알고 있었기에 그의 이혼소식을 다른 곳으로 전하지 못하고 있는 것뿐이었다.

박영진은 업무와 사생활은 엄격할 정도로 완벽하게 분리했다.

때문에 그가 자신의 사생활을 부하직원들이 왈가왈부하는 것은 병적으로 싫어한다는 것을 너무나 잘 알고 있는 안여진이었다.

안여진이 동료이자 직장후배인 이수영을 보며 입을 열었다.

"실장님이 외출하신 틈을 이용해 다시 한번 집무실 살펴보고 와."

박영진은 자신의 집무실에 볼펜 하나 떨어져 있는 것도 용납하지 않았다.

그 때문에 늘 비서실은 군대에서의 5분 대기조처럼 긴장하는 것이 습관화되어 있었다.

이수영이 일어섰다.

"네."

이수영이 이내 흰색의 타월 두 장과 크리스틸 물병을 들고 박영진이 자리를 비운 그의 집무실로 들어갔다.

때앵—

맑은 벨소리와 함께 엘리베이터의 하강이 멈췄다.

엘리베이트의 상단에 층수를 알려주는 디지털 표시판에 '1'이라는 숫자가 붉게 표시되어 있었다.

1층의 로비에 도착한 엘리베이터의 문이 열리자 박영진이 앞쪽을 바라보았다.

하강하는 엘리베이터의 앞에 탑승하기 위해서 서 있던 동신그룹의 직원들이 엘리베이터에서 박영진이 걸어 나오는 것을 보자 급하게 한쪽으로 비켜섰다.

동신그룹의 얼음 피를 가진 황태자로 불리는 박영진이다.

어떤 면에서 본다면 현 동신그룹의 회장보다 더 무서운 영향력을 가지고 있다고 알려져 있다.

그러니 그가 엘리베이터에서 모습을 드러내자 엘리베이터를 기다리던 직원들이 황급히 옆으로 물러서야만 했다.

박영진이 무표정한 얼굴로 직원들이 비워준 공간으로 빠져 나왔다.

박영진이 로비를 가로질러 현관으로 향했다.

로비에서 박영진을 마주친 동신그룹의 직원들이 황급히 인사를 했지만 박영진의 시선은 다른 곳으로 돌아가지 않았다.

오로지 그의 시선은 정면만 보고 걷고 있는 중이었다.

그런 그의 모습이 동신그룹의 얼음 피를 황태자라는 별명처럼 차갑고 도도한 모습으로 비쳤다.

입구를 지키고 있던 동신그룹의 경비원들이 박영진이 로비를 가로질러 입구로 나오는 모습을 보며 급하게 도열했다.

로비의 입구는 동신그룹의 직원들이 사옥을 출입할 때 카드체크를 할 수 있는 게이트가 설치되어 있었다.

외부인이 동신그룹의 사옥에 출입하려면 경비실을 방문해서 방문 이유와 방문 부서를 등록해서 간이 출입카드를 발급받아야 출입이 가능했다.

다만 동신그룹의 고위급 임원들이라면 전용출입게이트를 통해 출입이 가능했다.

박영진이 임원용 게이트로 향하자 이내 게이트가 자동으로 열렸다.

게이트를 빠져나온 박영진의 눈에 사옥 앞 현관 입구에

검은색 마이바흐가 세워진 것이 보였다.

뒷좌석 문 쪽에는 한 명의 정장차림의 사내가 서 있었다.

박영진의 수행비서이자 운전기사 역을 담당하고 있는 최태명 비서였다.

최태명 수행비서는 박영진이 현관으로 나오자 정중하게 머리를 숙였다.

"어서 오십시오, 실장님!"

박영진이 머리를 끄덕였다.

"인천공항으로 갈 겁니다."

박영진의 목소리는 그리 크지 않았다.

최태명 수행비서가 머리를 끄덕였다.

"알겠습니다."

말을 마친 최태명이 뒷좌석의 문을 열어주었다.

딸칵―

문이 열리자 박영진이 차의 뒷좌석에 올랐다.

박영진이 차에 타는 것을 확인한 최태명이 다시 뒷좌석의 문을 닫고 빠른 걸음으로 운전석으로 향했다.

운전석에 올라탄 최태명 수행비서가 이내 차를 출발시켰다.

뒷좌석에 앉은 박영진이 동신그룹의 사옥을 벗어나 대로로 들어서는 자신의 전용차 창밖을 바라보며 중얼거렸다.

"참 떠나기 좋은 날씨 같군."

혼잣말로 중얼거리는 목소리를 들은 최태명이 놀란 듯 룸미러로 박영진의 얼굴을 살폈다.

"네?"

자신이 상사로 모시는 박영진이 지시를 내린 것을 잘못 들은 것으로 생각한 최태명 수행비서였다.

박영진이 머리를 흔들었다.

"최비서에게 한 말이 아닙니다. 그보다 늦지 않도록 공항으로 가 주세요."

"아, 알겠습니다."

대답을 마친 최태명이 급하게 가속페달을 밟았다.

부우우우우웅——

신형 마이바흐가 거친 엔진음을 토하며 빠르게 인천공항을 향해 달리기 시작했다.

"여기입니다. 닥터 한. 닥터 김."

레이얼 시스템의 아시아 담당 이사 데니얼 엘트먼이 손을 들었다.

그의 눈에 막 공항의 로비로 들어서는 한서영과 김동하의 모습이 보였다.

한서영은 편한 청바지 차림에 간편하게 보이는 셔츠를 걸친 모습이었다.

그녀의 손에는 분홍색의 크지 않은 캐리어의 손잡이가

쥐어져 있었고 김동하 역시 한서영과 비슷한 크기의 커리어를 끌고 있었다.

야구모자를 살짝 눌러쓴 한서영의 모습은 사람들의 시선을 끌어당길 정도로 매력적이었다.

김동하는 넥타이를 매지 않은 양복 차림의 깔끔한 모습이었다.

한서영의 복장과 김동하의 복장은 따로따로 본다면 서로가 약간은 어울리지 않는 것처럼 보였지만 나란히 서자 무척이나 어울리는 커플로 보였다.

공항에서 사람들이 힐끗힐끗 한서영의 얼굴을 훔쳐보며 지나가고 있었다.

김동하는 난생 처음 보는 공항에 놀란 듯 이리저리 시선을 움직이며 공항의 풍경을 살펴보고 있었다.

김동하로서는 한곳에서 이렇게 많은 이국인들을 볼 수 있다는 것이 참으로 신기하고 묘한 느낌이었다.

자신이 살던 시절에는 한양 도성에 색목인이 한 명이라도 등장하면 장안이 시끄러울 정도로 유난스러워했다.

사람의 머리칼이 검은색이 아닌 황금색이라는 것도 놀랍고 온몸에 짐승처럼 털이 많은 것도 화제가 되었다.

더구나 코가 큰 서양인들 때문에 어쩌다 색목인을 본 날이면 서양인들은 코가 남산보다 높다고 허풍을 치던 입빠른 아낙네들로 인해 빨래터가 웃음바다가 된 날도 있을 정

도였다.

　그런 서양인들이 이곳 공항에는 지천이었기에 김동하로서는 참으로 격세지감을 느끼는 중이었다.

　한서영이 김동하와 함께 데니얼 엘트먼을 향해 다가갔다.

　"오래 기다리셨어요?"

　한서영의 입에서 유창한 영어가 흘러나왔다.

　데니얼 엘트먼이 웃었다.

　"하하, 아닙니다."

　데이얼 엘트먼이 한서영과 김동하의 뒤를 힐끗 거렸다.

　"닥터 한의 부모님은……."

　데니얼 엘트먼은 한서영과 김동하가 한종섭 사장 내외와 함께 공항으로 올 것으로 생각하고 있었기에 한종섭 사장을 찾는 것이다.

　한서영이 웃었다.

　"아빠와 엄마는 오지 않을 거예요. 그냥 집에서 간단하게 작별인사를 했어요. 미국에서 그렇게 오래 머물지 않을 테니까 번거롭게 마중하고 그러지 않으려고요."

　"아! 그렇습니까?"

　데니얼 엘트먼이 아쉬운 듯 입맛을 다셨다.

　그로서는 자신이 좋아하는 한정식을 대접해주고 동매향이라는 특별한 곳에서의 즐거웠던 식사자리를 마련해준 한종섭 사장 부부에게 다시 한번 감사의 인사를 하고 싶었지만 할 수 없게 되자 살짝 아쉬운 느낌이었다.

한서영이 웃는 얼굴로 입을 열었다.

"우리가 미국을 방문한 이후에 엘트먼 이사님께서 자주 한국을 방문하시게 될 거예요. 그때는 저희 아빠와 엄마를 귀찮게 하실 정도로 만나시게 될 테니까 아쉬워하지 마세요."

"하하 그런가요?"

데니얼 엘트먼이 하얀 이를 드러내며 웃었다.

미국에서 레이얼 시스템의 토마스 레이얼 회장을 다시 살려낸다면 아마 데니얼 엘트먼은 문지방이 닳도록 한국을 수시로 방문하는 게 틀림없을 것이라고 생각한 한서영이었다.

데니얼 엘트먼이 한서영의 모습을 살피다가 피식 웃었다.

"허허 아무래도 닥터 한이 미국을 방문하면 미국 남자들이 여자들을 보는 심미안이 높아질 것 같은데요? 더구나 닥터 한 같은 동양미인이라면 아마 무척 귀찮게 굴 겁니다. 하하하."

한서영은 야구모자에 간편한 청바지와 셔츠 차림이지만 데니얼 엘트먼에겐 그런 한서영도 너무나 아름답게 보였다.

자신이 머물던 호텔과 동매향에서 보았을 때와는 전혀 다른 모습이었지만 지금은 또 나름대로 독특할 정도로 매력이 넘쳤다.

그때는 단아하고 신비로운 느낌이었다면 지금의 한서영은 독특하고 톡톡 튀는 듯한 발랄하고 청순한 느낌으로 비쳤다.

또한 김동하는 그런 한서영과 기묘할 정도로 너무나 잘 어울렸다.

데니얼 엘트먼이 자신의 미모를 칭찬하며 놀리는 듯 농담을 하자 한서영이 살짝 얼굴을 붉혔다.

데니얼 엘트먼이 힐끗 공항의 항공편 안내전광판을 보다가 머리를 돌렸다.

"출국수속을 시작하는 시그널이 떴네요? 그럼 가볼까요?"

한서영이 머리를 끄덕였다.

"그래요."

이내 세 사람이 자신들이 탑승할 뉴욕행 비행기가 대기하는 8번 게이트로 향했다.

한서영은 자신의 옆에서 걷고 있는 김동하를 보며 입을 열었다.

"이곳과는 전혀 다른 사람들이 살고 있는 세상을 보게 될 거야."

김동하가 말없이 머리를 끄덕였다.

아무리 자신의 몸에 하늘이 내려준 천명의 권능을 담고 있다고 해도 다른 세상과 처음으로 마주하는 기분은 약간은 두렵고 막연했다.

"안 올 줄 알았는데 왔네요."

윤소정이 눈앞에 서 있는 박영진을 보며 눈을 깜박였다.

박영진이 흔들리는 시선으로 윤소정과 윤소정의 손을 꼭 잡고 있는 어린 아기들을 바라보고 있었다.

이제 걸음마를 갓 뗀 듯한 어린 아기들은 눈앞에 서 있는 박영진이 두려운 것인지 엄마 윤소정의 뒤쪽에 숨듯이 물러서서 박영진을 바라보고 있었다.

박영진이 잠시 아기들을 바라보다가 윤소정에게 시선을 던졌다.

"꼭 이렇게 떠나야 하나?"

박영진의 눈에 살짝 아쉬워하는 표정이 떠올랐다가 빠르게 지워졌다.

멀리 떨어진 곳에서 박영진의 수행비서 최태명이 이쪽을 바라보는 것이 보였다.

윤소정이 웃었다.

"내가 쉽게 이런 결정을 내린 것 같은가요?"

윤소정의 눈이 차갑게 빛나고 있었다.

이제 박영진에게 미련이나 애정 같은 것은 말끔히 지워
낸 듯한 냉정한 시선이었다.

박영진이 힐끗 아기들을 다시 바라보았다.

자신의 피를 받고 태어난 두 쌍둥이 아들들이다.

아기들은 전혀 박영진이 누군지 알지 못하는 듯 약간은
겁에 질린 눈으로 엄마와 대면하고 있는 아빠를 바라보고
있었다.

박영진이 입맛을 다시면서 입을 열었다.

"당신이 원하는 대로 해줄 테니 이곳에서 살면 안 될까?
일준이와 이준이도 먼 이국에서 사는 것보다는 이곳이 더
편할 텐데."

윤소정이 차갑게 웃었다.

"훗! 내가 원하는 대로 해준다고요?"

"그래."

박영진이 시원하게 머리를 끄덕였다.

윤소정이 머리를 흔들었다.

"예전이었다면 당신의 그런 결정을 고맙게 받아들였겠
지요. 당신의 얼음장 같은 성격 속에 적어도 나에 대한 배
려는 숨어 있었다고 착각하면서 말이에요. 하지만 지금은
아니에요. 당신의 숨소리, 당신이 사용하는 그 화장품의
냄새, 그 소름끼치는 결벽증까지 너무나 싫어요. 당신이
라는 존재를 영원히 지울 수 있는 곳에서 내 아이들을 키

울 거예요."

"……."

박영진은 아무 말도 할 수가 없었다.

아내였던 윤소정의 말투에서 자신에 대한 너무나 차갑고 냉정한 감정이 읽혔기 때문이었다.

그때였다.

"이게 지금 뭐하는 짓이야?"

박영진과 윤소정의 뒤쪽에서 엄청난 폭갈이 터져 나왔다.

둘은 놀란 듯 뒤쪽을 바라보았다.

윤소정의 손을 잡고 있던 박영진의 쌍둥이 아들인 일준이와 이준이가 천둥소리 같은 폭갈에 울음을 터트렸다.

"으앙~."

"으앵~."

어린아기들이 울음을 터트리자 윤소정이 다급하게 아이들을 안아들었다.

"아, 아가 놀라지 마."

윤소정은 자신의 아들들이 울음을 터트리는 모습에 당황했다.

두 사람을 향해 엄청난 폭갈을 터트린 사람은 윤소정의 아버지인 한국항공그룹 회장 윤태성이었다.

그의 뒤쪽으로 한국항공의 유니폼을 입은 공항관계자들

이 대동하고 있었다.

그들도 윤태성 회장이 진노하자 어쩔 줄 모르는 얼굴로 하얗게 굳어 있었다.

윤태성 회장은 딸의 출국장에 한때 사위였던 박영진이 모습을 보이자 대노한 것이다.

천금 같은 딸이 이혼을 선택하고 한국을 떠나기를 결심한 이유가 사위였던 박영진 때문임을 너무나 잘 알고 있었다.

윤태성 회장에게 갈아서 씹어 먹어도 분이 풀리지 않을 것 같은 인간말종이 바로 박영진이었다.

박영진이 당황한 얼굴로 윤태성 회장을 바라보았다.

"오, 오랜만입니다. 아버님."

윤태성 회장의 눈이 치켜 올라갔다.

"아버님? 어디서 감히 날 아버님이라고 부르는 것인가?"

두 쌍둥이의 울음을 달래던 윤소정이 끼어들었다.

"아빠, 제가 불렀어요."

윤소정의 말에 윤태성 회장이 일그러진 얼굴로 윤소정을 바라보았다.

"왜 부른 것이냐? 너에겐 단 한 치의 애정도 없다고 하던 놈이 이놈이 아니냐? 근데 이놈을 왜 불러?"

윤태성 회장의 노기는 무척 컸다.

딸이 이혼을 선택하면서 자신의 앞에서 울던 모습은 그의 가슴에 대못이 되어 영원히 박혀 있을 정도였다.

그런 딸이 다시 원수 같은 사위를 불렀다고 하자 이해를 하지 못했다.

윤소정이 울음을 터트리고 있는 일준이와 이준이를 동시에 토닥이면서 대답했다.

"이것이 저 사람에게 일준이와 이준이를 보는 마지막 기회가 될 거니까요. 적어도 이 아이들의 아빠라면 마지막 작별인사쯤은 할 수 있게 해주고 싶었어요. 그래야 나중에 일준이와 이준이에게도 이해를 시킬 수 있을 테니까요."

윤소정의 눈이 살짝 젖어 있었다.

한국항공의 윤태성 회장이 공항로비에서 대노하고 있다는 사실에 공항안전요원들이 달려왔지만 한국항공의 임원들이 무마시켜 물러나게 만들었다.

또한 윤태성 회장과 한국항공의 임원진들이 갑자기 로비에 등장하자 순간 공항에 나와 있던 사람들이 몰려들었다.

"어? 저 분 한국항공 윤태성 회장 아냐?"

"정말이네?"

"와 실물로 윤태성 회장을 보는 건 처음인데?"

"무슨 상황이지?"

주변으로 몰려든 사람들이 웅성거렸다.

그중 눈썰미가 있는 사람들은 윤태성 회장의 딸인 윤소

정의 얼굴을 알아보았다.

"저 여자 윤태성 회장의 딸 윤소정 아니야?"

"맞다. 윤소정이네?"

"재벌가랑 결혼해서 잘 살고 있다고 들었는데 무슨 일이지?"

사람들의 웅성거리는 소리가 윤태성 회장의 귀에도 들어왔다.

윤태성 회장을 수행하고 있던 한국항공의 임직원들이 공항경비대원을 시켜 사람들을 밀어내고 있었지만 중과부적이었다.

삽시간에 몰려드는 사람을 막을 방도가 없을 정도였다.

윤태성 회장은 사람들이 몰려드는 것에 전혀 상관하지 않는다는 표정이었다.

윤태성 회장은 딸의 말에 이를 악물었다.

"저놈이 이 아이들의 아빠라고? 저놈이 언제 이 아이들을 자식으로 인정한 적이 있었더냐? 내가 말하지 않았느냐? 네가 저놈과 이혼하기로 결정을 내리는 순간 저놈의 가문과는 영원히 상종하지 않게 될 것이라고?"

윤태성 회장이 말을 하며 머리를 흔들었다.

또다시 사람들이 웅성거렸다.

"뭐야? 윤태성 회장의 딸이 이혼한 거였어?"

"이거 빅뉴스야."

"한국항공의 윤태성 회장의 딸이 이혼을 한 거야?"

사람들이 웅성거리는 소리를 귓전으로 들으며 머리를 든 윤태성 회장이 잠시 한숨을 쉬었다.

이내 다시 박영진에게 시선을 돌린 윤태성 회장이 입을 열었다.

"저 아이들은 이제 영원히 내 딸의 아들로 살게 될 것이다. 네놈과는 단 일 푼의 인연도 남겨놓지 않을 것이라는 말이다."

박영진은 장인인 윤태성 회장이 이 정도로 분노할 것이라곤 생각하지 못했다.

자신이 윤소정과 이혼할 결심을 밝힐 때에도 참으로 담담하게 받아들였기 때문이었다.

하지만 그 내면에 이런 분노가 숨겨져 있다고는 미처 짐작조차 하지 못했다.

박영진이 이를 악물면서 입을 열었다.

"그런다고 달라지겠습니까? 예, 제가 아이들에게 무심했던 것은 인정합니다. 하지만 그렇다고 저 아이들이 윤씨 성을 물려받지는 못한다는 것은 아버님도 아시잖습니까?"

박영진은 극심하게 화를 내는 윤태성 회장에게 정면으로 부딪쳤다.

더구나 자신이 극도로 싫어하는 사생활이 외부에 노출되

는 일까지 벌어지고 있었기에 그의 이성이 흔들렸다.

박영진의 말에 윤태성 회장의 얼굴이 일그러졌다.

"네이노오오옴."

또다시 윤태성 회장의 폭갈이 터져 나왔다.

윤소정의 품에 안겨 있던 일준과 이준이가 다시금 울음을 터트리며 엄마의 품속으로 파고들었다.

"으애애앵."

"으앙~."

윤소정이 당황해했다.

"우, 울지 마. 아가."

토닥토닥.

두 아들의 등을 토닥이는 윤소정의 눈에 기어이 눈물이 맺혔다.

자신과 박영진의 사생활이 세상에 적나라하게 드러나며 수치심과 부끄러움이 몰려왔다.

뿐만 아니라 두 아들이 울음을 터트리자 스스로가 너무나 비참해지는 느낌에 눈물을 참을 수가 없었다.

박영진은 수많은 사람들이 보는 앞에서 자신에게 충격적일 정도로 모멸감을 안겨주는 윤태성 회장에게 반감을 느꼈다.

박영진의 도발은 윤태성 회장의 이성을 잃게 만들었다.

"네놈이 감히……."

윤태성 회장이 대노하면서 박영진의 얼굴을 후려칠 듯이 손을 올렸다.

순간 윤태성 회장은 자신의 눈앞이 하얗게 비워지는 느낌이 들었다.

마치 머릿속에서 수백 와트의 전류가 흐르는 듯한 충격이었다.

"꺼억!"

윤태성 회장의 안색이 백지장처럼 창백하게 변했다.

박영진은 장인이었던 윤태성 회장의 얼굴이 변하는 것을 보며 눈을 치켜떴다.

"끄허허허."

한순간 윤태성 회장의 입가로 침이 흐르며 그의 눈이 하얗게 뒤집어졌다.

털썩—

터엉—

윤태성 회장이 들어올렸던 손을 내리지도 못하고 그대로 뒤로 넘어졌다.

뒤로 넘어지며 윤태성 회장의 뒷머리가 그대로 공항의 로비바닥에 강하게 부딪쳤다.

윤태성 회장의 머리가 살짝 튕겨 올랐다가 다시 로비바닥에 부딪치고 있었다.

두 눈에는 하얀 막이 씌워진 듯 보였다.

"회장님!"

"회장님!"

"아빠!"

한국항공의 임직원들과 윤소정이 기겁을 하며 윤태성 회장에게 달려들었다.

하지만 윤태성 회장의 눈은 이미 하얀 막으로 쌓인 듯 혼탁했고 벌어진 입에서는 어떤 숨소리도 들리지 않았다.

"아빠!"

윤소정이 윤태성 회장의 몸을 흔들었다.

바닥에 쓰러진 윤태성 회장의 몸은 마치 통나무처럼 뻣뻣하기만 했다.

"구급차 불러."

"119 불러."

"공항의료팀으로 바로 연락해."

한국항공의 임원들이 허둥대며 소리쳤다.

주변에서 윤태성 회장이 쓰러지는 것을 본 사람들이 웅성거렸다.

"윤회장이 쓰러졌어."

"뭐야?"

"죽은 것 같아."

대한민국에서 최고의 항공그룹으로 알려진 한국항공의 윤태성 회장에게 일어난 변고는 너무나 충격적이었다.

윤소정은 나무토막처럼 굳어진 모습으로 허공에 초점 없는 시선을 던지고 있는 아빠 윤태성 회장을 보며 울음을 터트렸다.

"아빠! 일어나요."

윤소정이 놀란 탓에 놓아버린 두 쌍둥이 아들이 바닥에 주저앉아 울음을 터트리고 있었다.

한순간에 아수라장으로 변한 공항로비였다.

윤소정이 울면서 윤태성 회장을 흔들다가 주변에 도움을 청했다.

"제발 누가 우리 아빠 좀 살려주세요. 흐흐흑."

두 아이의 엄마지만 지금의 윤소정은 아빠를 잃어버린 어린 소녀의 모습처럼 애처로웠다.

한편 자신으로 인해서 장인인 윤태성 회장이 뒤로 넘어가 버리자 박영진은 당황하고 있었다.

"아, 아버님."

박영진이 윤태성 회장을 건드리려 하자 윤소정이 마치 악귀처럼 달려들었다.

"우리 아빠 만지지 마, 이 나쁜 놈아, 엉엉."

산발을 한 윤소정이 머리를 흔들며 박영진의 손을 밀어냈다.

박영진이 너무나 표독하게 달려드는 윤소정의 손에 밀려 뒤쪽으로 엉덩방아를 찧으며 주저앉았다.

그때 박영진의 수행비서인 최태명이 박영진에게 달려왔다.

"실장님! 이렇게 아니라 잠시 이곳에서 자리를 피하는 것이……."

최태명은 박영진이 병적으로 사람들에게 자신의 사생활이 알려지는 것을 싫어한다는 것을 알고 있었다.

그 때문에 박영진에게 자리를 피할 것을 권하는 것이다.

박영진이 멍한 얼굴로 초점 없는 시선으로 허공을 바라본 채 누워 있는 윤태성 회장을 바라보았다.

그의 가슴이 철렁 내려앉았다.

지금의 윤태성 회장의 모습은 3년 전 할아버지의 자택에서 심장마비로 돌아가신 할머니 유인옥 여사의 모습과 너무나 흡사하게 닮아 있었다.

병원으로 이송할 구급차도 미처 부르지 못할 정도로 너무나 충격적인 죽음이었기에 박영진의 뇌리에는 트라우마처럼 박혀 있는 죽은 사람의 모습이었다.

박영진의 손이 떨리고 있었다.

"어, 어쩌다가……."

박영진은 장인인 윤태성 회장의 죽음이 자신으로 인해 촉발되었다고 생각했다.

한국항공의 임직원들은 회장이 쓰러지자 옮기지도 못하고 회장의 몸에 손을 대지도 못했다.

행여 잘못 손을 댈 경우 돌이킬 수 없는 일이 벌어질 수도 있었기에 아예 온몸이 굳어버린 것이다.

　만약 윤태성 회장의 몸에 손을 댄 이후 사망하게 된다면 그 뒷감당을 책임질 수가 없었다.

　그때 윤소정이 울면서 다시 주변에 호소했다.

　"흐흑, 누구 의사 없나요? 우리 아빠 좀 살려주세요. 엉엉."

　윤소정은 마치 아이처럼 울고 있었다.

　그때였다.

　"이게 어떻게 된 일이에요?"

　낭랑한 목소리였다.

　윤소정이 눈물이 가득한 얼굴로 머리를 들어 갑자기 나타난 사람을 바라보았다.

　윤소정의 눈에 들어온 것은 야구모자를 눌러쓴 너무나 젊어 보이는 여자와 약간 굳은 표정으로 자신을 바라보고 있는 외국인과 양복 차림의 젊은 남자의 모습이었다.

　윤소정의 앞에 나타난 사람은 막 미국으로 출국을 하려던 한서영과 김동하 그리고 그들과 동행하고 있는 데니얼 엘트먼이었다.

　한서영은 바닥에 쓰러진 60대의 남자를 놀란 얼굴로 바라보고 있었다.

　한서영에게 바닥에 쓰러진 남자가 한국항공의 회장인 윤

태성이라는 것은 중요하지 않은 일이었다.

윤소정이 한서영을 바라보았다.

한서영이 재빨리 윤태성 회장의 손을 잡았다.

윤태성 회장의 라이프 사이클을 읽으려는 의사로서의 본능적인 움직임이었다.

윤소정이 눈물이 가득한 눈으로 한서영을 바라보며 물었다.

"의, 의사이신가요?"

한서영이 대답했다.

"그래요. 의사예요. 이분이 왜 이렇게 되신 거예요?"

한서영이 의사라는 말에 윤소정이 그대로 한서영의 손을 잡았다.

"우리 아빠 좀 살려주세요. 제발……."

윤소정이 필사적으로 한서영의 손을 잡으며 애원했다.

한서영의 미간이 좁혀졌다.

윤태성 회장의 손목에서 느껴지는 맥박의 진동이 전혀 감지가 되지 않았다.

이마를 찌푸린 한서영이 초점 잃은 시선으로 허공을 바라보고 있는 윤태성 회장의 눈을 살폈다.

한서영이 주변을 보며 다급하게 입을 열었다.

"누구 플래시 없나요?"

한서영의 말에 누군가 플래시를 건네주었다.

한서영이 플래시를 받고 그대로 윤태성 회장의 눈에 비추었다.

동공반응을 보려는 것이다.

하지만 이미 윤태성 회장의 동공은 그대로 열려 있었고 조금의 반응도 보이지 않았다.

말 그대로 완벽한 급사의 정황이었다.

넘어지면서 바닥에 부딪친 뒷머리의 충격이 삽시간에 윤태성 회장을 죽음으로 밀어 넣은 것이다.

한서영이 김동하를 바라보았다.

"자기가 좀 봐요."

한서영의 말에 김동하가 한서영의 옆으로 다가와 앉았다.

김동하의 미간이 좁혀져 있었다.

김동하 역시 자신의 손에 윤태성 회장의 맥동이 감지되지 않는다는 것을 바로 알 수가 있었다.

김동하의 눈이 찌푸려졌다.

"생기가 감지되지 않는군요."

김동하가 눈을 살짝 찌푸리자 윤소정이 김동하와 한서영의 팔을 잡고 애원했다.

"우리 아빠 좀 살려주세요. 엉엉. 제발 이렇게 빌게요."

두 아이의 엄마 윤소정이 한서영과 김동하의 앞에 무릎을 꿇고 두 손을 비비고 있었다.

한서영이 윤소정을 바라보았다.

윤소정의 뒤에서 바닥에 주저앉아 울고 있는 어린 아기들이 보였다.

대한민국에서도 최상위의 재벌가라고 알려진 한국항공의 회장과 딸을 포함한 손주들이었지만 지금의 모습은 너무나 황당한 충격에 어쩔 줄 몰라 하는 평범한 사람들로 보였다.

한서영이 김동하를 보며 입을 열었다.

"어쩔 거야?"

김동하가 입맛을 다셨다.

"이곳에서는 곤란할 것 같습니다."

사방에서 지켜보는 시선이 수백이 넘을 것 같았다.

그런 상황에서 김동하가 천명을 펼치는 것은 그야말로 대한민국을 단숨에 난장판으로 만들어 놓을 것은 당연했다.

한서영이 울고 있는 윤소정을 보며 물었다.

"이곳에 혹시 다른 사람의 시선을 피할 수 있을 만한 조용한 곳이 있을까요? 당장 손을 쓰지 않는다면 이분이 진짜 위험할 거예요."

한서영의 물음에 윤소정이 한국항공의 임원진을 보며 울음 섞인 목소리로 말했다.

"아빠를 모셔갈 곳이 필요해요. 당장."

한국항공의 임원한명이 급하게 대답했다.

"회, 회장님을 옮기시려면 차라리 구급대가 도착하는 것을 기다리는 것이 좋지 않겠습니까? 연락했으니 곧 도착할 겁니다. 아가씨."

윤소정이 울면서 바락 악을 썼다.

"당장 아빠를 모셔갈 곳이 필요하다고 했잖아요!"

눈물로 범벅이 된 윤소정이 악을 쓰듯 말하자 임원이 움찔 물러섰다.

그때였다.

김동하가 윤태성 회장을 안고 자리에서 일어섰다.

윤소정이 다급하게 김동하에게 다가갔다.

한서영이 윤소정을 보며 빠르게 말했다.

"지금 당장 조용한 곳으로 가야 해요."

윤소정이 임원들을 보며 또다시 고함을 쳤다.

"조용한 곳으로 안내해요. 지금 당장."

윤소정의 말에 임원 한 명이 앞으로 나서며 입을 열었다.

"보안요원들이 사용하는 락커가 있습니다. 잠시 그쪽을 이용하면 될 것 같습니다 아가씨."

윤소정이 미친 듯이 울고 있는 두 아들을 양쪽에 껴안고 소리쳤다.

"그쪽으로 가요."

"예!"

한국항공의 임원이 허둥대며 안내를 시작하자 김동하가 윤태성 회장을 안고 걸음을 옮겼다.

60살이 넘은 나이지만 거구의 윤태성 회장이었기에 평범한 사람이라면 안는 것도 힘이 들겠지만 김동하는 전혀 힘들어하지 않는 모습이었다.

더구나 이미 사망판정을 내려도 이상하지 않을 정도인 윤태성 회장의 몸은 아무런 기력이 없었기에 더더욱 무거울 것은 당연했지만 김동하는 전혀 개의치 않는 듯했다.

김동하가 걸음을 옮기자 한서영과 데니얼 엘트먼이 김동하의 뒤를 따랐다.

그 뒤를 한국항공의 임직원들이 허둥대며 따라갔다.

임원 두 명이 윤소정의 두 쌍둥이 아들을 안고 급하게 걸음을 옮겼다.

아이들은 엄마 윤소정이 울부짖자 더욱 큰 울음소리를 터트리며 자신들을 안고 있는 한국항공의 임원들의 몸에서 벗어나려는 듯이 몸을 비틀었다.

언제부터인가 몰려든 사람들이 공항에서 윤태성 회장이 박영진과 다투는 모습을 휴대폰 카메라로 사진을 찍고 있었다.

윤태성 회장이 공항에서 쓰러진 사건이라면 당장에 방송국에서도 최특급의 특종이라고 할 수 있을 정도의 충격적인 뉴스거리였다.

한편 윤태성 회장을 격노하게 만들었던 박영진은 눈앞에
보이는 한서영을 보며 입을 쩍 벌렸다.

그의 머릿속이 하얗게 비워지고 있었다.

자신으로 인해 윤태성 회장이 쓰러졌다는 생각도 들지
않았다.

당장 자신의 눈앞에 나타난 한서영을 본 순간 그는 지금
자신이 어떤 상황에 처한 것인지 자각하지도 못하고 있었
다.

"저, 저 사람이 여기는 왜?"

순간 그의 머릿속에 자신의 지시로 한서영과 김동하의
동태를 조사하라는 지시를 내렸던 정인학 대리의 보고가
떠올랐다.

'한서영씨의 약혼자로 보이는 남자가 여권을 발급받은
것 같습니다. 아무래도 외국으로 나갈 일이 있는 듯합니
다.'

정인학 대리의 말이 사실이라면 공교롭게도 박영진의 아
내였던 윤소정이 미국으로 떠나는 날, 한서영과 약혼자인
듯한 남자가 같은 날 외국으로 떠나기 위해 공항으로 왔다
가 윤태성 회장의 상황을 본 것 같았다.

의사인 한서영이라면 당장에 바닥에 쓰러져 위급한 상황

인 윤태성 회장을 모른 척 외면하지 못할 것은 분명했다.

그때 박영진의 곁으로 수행비서 최태명이 다가왔다.

"실장님! 그만 자리를 옮기는 것이……."

박영진의 수행비서로서 공항에서 난처한 상황에 직면한 박영진을 그냥 보지 못했다.

더구나 상대가 박영진의 장인이었던 한국항공의 윤태성 회장이라 당장에 뉴스에 보도될 수도 있는 상황이었기에 박영진을 피하게 만들려 했다.

박영진이 최태명의 손을 거칠게 뿌리쳤다.

"비켜."

박영진의 안색은 하얗게 질려 있었다.

그가 허둥대며 일어서서 윤태성 회장을 안고 빠른 걸음으로 사라지고 있는 김동하의 뒤를 따랐다.

그제야 자신 때문에 장인인 윤태성 회장이 변을 당했다는 자책감이 가슴을 후벼 파고 있었다.

윤태성 회장이 아내와 두 쌍둥이를 마지막으로 만나기 위해 이곳에 나타난 자신에게 화를 낼 때, 잘못했다고 숙이는 것이 최선이었다는 생각이 머릿속에 가득했다.

한국항공의 임원 한 명이 공항 한쪽의 문 하나를 밀고 들어갔다.

'관계자 외 출입금지. 보안구역'이라는 글자가 선명한 붉은 글씨의 팻말로 걸려 있는 문이었다.

이내 안쪽에서 공항보안요원의 복장을 걸친 몇 명의 사내들이 급한 걸음으로 밖으로 나왔다.

아마 자리를 비우라는 말과 외부인의 출입을 통제하라는 지시를 받은 듯했다.

"이쪽으로 오시면 됩니다."

먼저 들어간 한국항공의 임직원이 급하게 뒤를 돌아보며 윤태성 회장을 안고 있는 김동하를 불렀다.

김동하가 먼저 들어가고 이어 한서영과 데니얼 엘트먼 그리고 윤소정과 한국항공의 임원들이 안으로 들어갔다.

문의 안쪽은 제법 긴 복도처럼 보였고 복도를 따라 몇 개의 방들이 배치되어 있었다.

윤태성 회장을 안고 있는 김동하를 안으로 불러들인 한국항공의 임원이 제일 앞쪽의 방문을 열었다.

방의 안쪽은 제법 넓은 회의실처럼 보였다.

접이용 의자 수십 개가 문의 앞쪽으로 향해 있었고 의자의 앞에는 긴 장방형의 간이 테이블이 놓여 있었다.

김동하가 재빨리 윤태성 회장을 테이블 위에 올려놓았다.

이미 윤태성 회장의 얼굴은 시신으로 보일 정도로 창백했고 약간 열려진 두 눈은 이제 명백하게 초점을 잃었다.

윤소정이 울면서 김동하와 한서영의 팔에 매달렸다.

"제발 우리 아빠 좀 살려주세요. 저 때문에… 흐흑."

윤소정의 목소리에는 울음이 가득 담겨 있었다.

자신의 눈앞에서 아버지가 쓰러지는 것을 보았기에 그녀로서는 하늘이 무너지는 느낌이었을 것이다.

그때 방으로 박영진이 들어섰다.

"아, 아버님!"

박영진이 방으로 들어서며 다급하게 소리치자 윤소정의 표정이 변했다.

눈물로 범벅이 된 윤소정이 급하게 몸을 돌리며 박영진을 쏘아보았다.

"너 때문이야. 너 때문에……."

살기까지 담긴 듯 시퍼런 눈매가 너무나 사납게 보일 정도였다.

박영진이 당황한 표정으로 윤소정을 바라보았다.

"여, 여보, 그게……."

박영진으로서는 태어나서 이런 상황은 처음이었다.

"나가!"

윤소정의 입에서 엄청난 폭갈이 터져 나왔다.

아마 그녀가 이 세상에 태어난 이후로 지금까지 이보다 더 큰 목소리를 내본 적은 없었을 정도였다.

박영진이 주춤 물러섰다.

자신의 아내였던 윤소정이 늘 자신의 앞에서 주눅이 든 듯 자신의 눈치를 살피던 것에 익숙했다.

그런 전처의 입에서 자신에 대한 살기가 가득 담긴 목소리가 흘러나오자 그 자신도 당황하고 있었다.

그때였다.

윤태성 회장을 살피고 있는 김동하를 힐끗 바라보던 한서영이 입을 열었다.

"모두 나가주세요. 주변이 조용해야 이분을 진료할 수 있으니까요."

한서영의 말에 회의실로 따라 들어왔던 한국항공의 임원들이 서로 얼굴을 바라보다가 굳은 표정으로 다시 문 쪽으로 향했다.

윤소정이 한서영을 보며 입을 열었다.

"여기서 모두가 다 나간다고 해도 저는 아빠의 곁을 떠날 수가 없어요. 선생님. 이게 아빠와의 마지막 작별이라면 더더욱 나가지 못해요."

윤소정은 남편이었던 박영진과 다투다 바닥에 쓰러진 아빠의 얼굴을 보았다.

아빠의 상태가 어쩌면 이미 돌이킬수 없는 상황일지 모른다는 것은 그 경황 중에도 자각하고 있었다.

하지만 마지막 지푸라기라도 잡는 심정으로 아빠가 다시 회복하는 것을 지켜보고 싶었다.

자신의 이혼으로 인해 아빠 윤태성 회장이 얼마나 큰 상심을 했는지도 너무나 잘 알고 있었기에 더더욱 아빠의 곁

을 떠날 수가 없었다.

한서영이 잠시 윤소정을 바라보다가 머리를 끄덕였다.

"알겠어요."

한서영의 허락을 받은 윤소정이 급하게 다시 창백한 얼굴로 테이블 위에 누워 있는 윤태성 회장의 곁으로 다가갔다.

한서영이 굳은 얼굴로 서 있는 박영진을 보며 입을 열었다.

"그쪽도 나가주세요."

처음으로 박영진에게 하는 한서영의 말이었다.

더구나 한서영은 박영진을 전혀 기억하지도 못하고 있는 얼굴이었다.

박영진이 더듬거렸다.

"저, 저는……."

그때 윤태성 회장의 손을 잡고 있던 윤소정이 표독한 얼굴로 머리를 돌려 박영진을 쏘아보았다.

"다른 사람이 다 남는다고 해도 저 인간은 여기 있으면 안 돼요. 나가! 나가란 말이야. 이 나쁜 놈아."

보안구역의 회의실이 쩌렁 울릴 정도로 윤소정의 목소리가 컸다.

한서영이 박영진을 밀어냈다.

"환자와 환자의 보호자 분을 격앙되게 만들 수 있으니 그냥 나가주세요.”

한서영의 말에 어쩔수 없다는 듯이 박영진이 문을 열고 나갔다.

문 밖의 복도에는 침울한 얼굴의 한국항공 임원들이 초조한 모습으로 서 있었다.

그들 역시 지금의 이 상황을 어떻게 수습할지 모르는 망연한 표정들이었다.

하기야 대한민국 굴지의 항공그룹인 한국항공의 윤태성 회장이 너무나 당황스럽게 쓰러진 것을 어떻게 받아들여야 할지 그들로서도 난처할 것은 분명했다.

그때였다.

벌컥—

다시 보안구역의 문이 열리면서 119 구급대 복장의 요원들과 공항의료팀으로 보이는 흰색 가운차림의 사람들이 우르르 안으로 들어왔다.

제일 먼저 보안구역으로 들어온 119 요원이 다급하게 입을 열었다.

“응급팀입니다. 회장님은 어디에 계십니까?”

그때 외부로 몰려나온 사람들의 귀에 윤태성 회장이 있는 회의실의 문이 잠기는 소리가 들렸다.

찰칵—

박영진을 밀어낸 한서영이 아예 보안구역 안의 회의실

문을 잠가버린 것이다.

김동하가 천명을 펼치는 것을 누구에게도 보이고 싶지
않았다.

행여 들키게 된다면 엄청난 소란이 일어날 것을 예상하
고 아예 문을 잠근 것이다.

한국항공의 임원 한 명이 119 구급요원을 보며 입을 열
었다.

"지금 회장님은 안에서 치료를 받고 있는 중입니다."

119 구급요원과 공항 의료팀의 요원이 눈을 크게 떴다.

"안에서 치료 중이라고요?"

윤태성 회장의 지금 상황을 말해준 한국항공의 임원이
머리를 끄덕였다.

"다행히 그곳에 두 분의 의사 분들이 계셔서 빠르게 이곳
으로 옮겨 지금 응급치료 중입니다."

"그, 그래요?"

119 구급요원이 멍한 표정으로 굳게 닫힌 회의실 문을
바라보았다.

그때 공항의료팀의 한 명이 급하게 회의실 문을 두들겼
다.

쾅쾅쾅—

문이 부서질 정도로 세게 두들긴 의료팀의 요원이 소리
쳤다.

"공항 의료팀입니다. 우리가 들어갈 수 있게 문을 열어주십시오."

하지만 윤태성 회장이 들어 있는 회의실 안에서는 어떤 반응도 나오지 않았다.

보안구역의 회의실 문은 단단한 철문으로 만들어져 있었기에 장비를 이용하지 않고서는 부술 수도 없는 형편이었다.

더구나 회의실 열쇠는 보안구역의 책임자가 관리하고 있는데, 그를 이곳으로 불러 문을 여는 것은 제법 시간이 걸릴 것이 분명했다.

문을 두들긴 의료팀의 요원이 난감한 표정으로 머리를 흔들었다.

"어떡하지? 당장 조치를 하지 않으면 회장님이 위급할 수도 있을 텐데."

한국항공의 회장인 윤태성 회장이 공항에서 쓰러졌다면 공항의료팀인 자신들이 감당할 몫이었다.

행여 윤태성 회장이 최악의 상황에 직면하게 된다면 온갖 덤터기는 자신들이 써야 할지도 모르는 일이었다.

의료팀의 동료가 힘 빠진 목소리로 중얼거렸다.

"몰라. 일단 좀 기다려 보자고. 의사 두 명이 들어갔다고 하니 그 사람들을 믿어보자고."

"끙."

문을 두들긴 의료팀의 요원 입에서 앓는 소리가 흘러나왔다.

그들이 문밖으로 내몰린 한국항공의 임원들에게 시선을 돌렸다.

"회장님이 쓰러지신 당시의 상황을 말해 주시겠습니까?"

한국항공의 임원이 굳은 얼굴로 당시의 상황을 설명하기 시작했다.

"그러니까 회장님께서 아가씨와 손자들이 미국으로 가는 것을 배웅……."

당시의 상황을 설명하는 한국항공의 임원이 힐끗 한쪽에 창백한 얼굴로 서 있는 박영진을 바라보다가 말을 이어갔다.

박영진은 약간 머리를 숙인 채 아무 말도 하지 않고 있었다.

자신을 쏘아보던 전처 윤소정의 악에 받친 고함소리와 단호하게 자신을 밀어내던 한서영의 얼굴이 겹쳐진 모습으로 그의 뇌리에서 맴돌고 있었다.

또한 초점 잃은 시선으로 허공을 멍하게 바라보며 누워있던 장인 윤태성 회장의 얼굴도 그의 머릿속에서 떠나지 않았다.

언제부터인가 박영진의 이마에 땀방울이 맺혀 있었다.

중증의 병변을 가진 결벽증이라고 할 정도로 깔끔을 떨던 그의 옷차림도 지금은 상당히 흐트러진 모습이었다.

윤태성 회장을 치료 중인 회의실 앞에는 공항 의료팀들에게 당시의 상황을 설명하는 한국항공의 임원이 하는 말 외에는 누구도 입을 여는 사람이 없었다.

그리고 그것은 급작스럽게 변을 당한 윤태성 회장의 마지막 모습을 보게될 장소라는 듯 음산한 침묵처럼 느껴지고 있었다.

"어때?"

윤태성 회장을 살펴보고 있는 김동하를 보며 한서영이 물었다.

김동하가 대답했다.

"이미 사망하셨습니다. 바닥으로 쓰러질 때 머리를 세게 부딪쳤는데 그게 나쁜 상황으로 몰리게 만든 것 같습니다."

김동하의 입에서 윤태성 회장이 사망했다는 마지막 말이 흘러나오자 듣고 있던 윤소정이 아빠인 윤태성 회장의 몸을 흔들며 울부짖었다.

"아빠아~."

그녀의 울부짖음은 회의실 밖에서 기다리고 있던 한국항공의 직원들과 119 구급요원들을 비롯하여 공항 의료팀

까지 너무나 생생하게 들을 수가 있었다.

한국항공의 임원들이 침중한 얼굴로 머리를 숙이는 것이 보였다.

윤소정의 비명소리로 단번에 윤태성 회장이 사망했다는 것을 직감한 것이다.

박영진이 몸을 비틀거리며 바닥으로 주저앉았다.

공항 의료팀들이 다시 문을 두들겼다.

쾅쾅쾅.

"문을 열어주세요."

윤태성 회장이 사망했다면 자신들이 마지막으로 검안하고 확인해야 했기 때문에 그들의 마음은 무척이나 다급했다.

하지만 그럼에도 문은 열리지 않았다.

문을 통해서 희미하게 울고 있는 윤소정의 울음소리가 밖으로 들려오고 있었다.

윤태성 회장의 몸을 흔들며 울고있는 윤소정의 어깨 위로 한서영의 가냘픈 손이 올라왔다.

"울지말아요."

윤소정이 머리를 흔들었다.

한쪽에서 굳은 얼굴로 서 있는 데니얼 엘트먼이 놀란 듯 눈을 껌벅이며 지금까지의 모든 상황을 바라보고 있었다.

윤소정이 눈물로 가득한 얼굴로 머리를 들어올렸다.

"흑흑 아빠에게… 미안하다는 말도 못 했는데……."

공항에서 남편 박영진과 두 쌍둥이 아들의 마지막 작별을 배려했던 것이 자신의 엄청난 실수였다고 자책하는 윤소정이었다.

그날 동신그룹의 남편 사무실에서 마지막 인사로 모든 정리를 끝내야 했다고 다시 한번 후회했다.

한서영이 윤소정의 등을 토닥거렸다.

"지금부터 보시는 것은 그 누구에게도 말하시면 안 돼요. 저랑 약속할 수 있나요?"

한서영의 갑작스런 제안에 윤소정이 눈물로 그득한 얼굴로 한서영을 바라보았다.

"그게 무슨 말이에요?"

한서영이 입을 열었다.

"아버님을 다시 살려낼 거예요. 그러니 지금부터 누구에게도 지금 보게 될 상황을 말하면 안 된다는 것을 약속해 달라는 거예요."

윤소정이 울음을 그치며 더듬거렸다.

"아, 아빠를 살려낸다고요?"

한서영이 대답했다.

"그래요. 아버님을 다시 살려낼 거예요."

"세상에……."

윤소정의 입에서 흘러나오던 울음소리는 이제 완전히 멈

쳐 있었다.

그때 문밖에서 다시 문을 두들기는 소리가 들려왔다.

쾅쾅쾅.

"문을 열어주세요."

문밖에서 들리는 목소리는 다급했다.

한서영이 윤소정을 보며 급한 목소리로 입을 열었다.

"저분들이 곧 들어오게 될 거예요. 그전에 아버님을 다시 살려낼 거예요."

"어떻게……."

윤소정은 채 마르지 않은 눈물이 번져 있는 큰 눈을 깜박였다.

한편 데니얼 엘트먼은 전혀 한국말을 몰랐기에 지금의 상황이 어떻게 돌아가고 있는 것인지 이해가 되지 않았다.

자신의 눈으로 보아도 테이블 위에 누워 있는 거구의 노인은 이미 죽어 있는 것으로 보였다.

하지만 한서영과 김동하는 전혀 노인의 곁에서 떠나지 않고 있었다.

대부분 사망 판정이 내려지면 망자의 얼굴을 가리는 것이 정상이었지만 한서영이나 김동하는 전혀 사망한 노인의 얼굴을 가릴 생각을 하지도 않고 있었다.

그는 김동하가 내려다보고 있는 노인이 대한민국에서 굴지의 항공기업인 한국항공의 윤태성 회장이라는 것은 꿈에도 몰랐다.

한서영이 윤소정을 다독인 다음 김동하에게 몸을 돌렸다.

"이분께 약속을 받았어. 천명을 시행해도 될 것 같아."

김동하가 머리를 끄덕였다.

빠른 동작으로 윤태성 회장의 몸에서 상의를 벗겨낸 김동하가 재빨리 품에서 침갑을 꺼내 윤태성 회장의 몸에 꽂기 시작했다.

어제부터 다른 사람의 시선이 있는 곳에서는 이제 천명을 시전하기 전에 침을 시침하는 것을 동시에 진행했다.

김동하가 천명을 시전해도 다른 사람들은 침술을 사용하는 것으로 오인하게 만들 수 있다고 생각했기 때문이다.

김동하의 침이 윤태성 회장의 몸에 촘촘하게 박혀들었다.

천돌, 선기, 화개, 자궁, 옥당, 전중, 중정, 구미, 거궐.

순식간에 윤태성 회장의 전신 수십 개의 혈맥에 촘촘하게 침들이 박혔다.

아빠를 다시 살려낸다는 한서영의 말에 울음을 그친 윤소정이 그런 김동하의 모습을 놀란 눈으로 바라보고 있었다.

이내 침을 찔러 넣은 김동하가 힐끗 윤소정과 한서영을 바라보다가 두 손을 들어 자신의 입으로 가져갔다.

후우—

김동하의 입에서 작은 숨소리와 함께 신비로운 푸른빛의 빛무리가 흘러나와 손에 고였다.

그것을 지켜보던 데니얼 엘트먼과 윤소정의 입이 벌어졌다.

한서영은 이미 알고 있다는 듯이 아무 말도 없이 김동하를 바라보고 있을 뿐이었다.

이내 김동하가 자신의 손에 고인 천명의 기운을 윤태성 회장의 입으로 살짝 흘려주었다.

스스스스스스.

마치 모래가 물을 빨아들이듯 천명의 기운이 윤태성 회장의 입으로 부드럽게 흘러들어갔다.

천명을 불어넣은 김동하가 이내 윤태성 회장의 몸에 박힌 침들을 제거하기 시작했다.

순간 죽은 듯 누워 있던 윤태성 회장의 몸이 살짝 흔들렸다.

"쿨럭."

윤태성 회장의 입에서 탁한 기침소리가 흘러나오며 동시에 윤태성 회장의 눈이 번쩍 뜨였다.

"아빠!"

지켜보던 윤소정의 입에서 너무나 놀라는 소리가 터져나왔다.

김동하의 천명을 받은 윤태성 회장은 눈을 뜬 순간 자신이 알지 못하는 곳에 누워 있다는 것과 자신의 얼굴 가까이 처음 보는 젊은 남자의 얼굴이 보이는 것에 어리둥절한 표정이었다.

"여, 여기는……."

윤태성 회장이 일어서려다 자신의 옷이 벗겨져 있다는 것에 놀랐다.

"이게 뭔가?"

순간 그의 품으로 윤소정이 달려들었다.

"아빠아."

너무나 다급하게 달려드는 딸 윤소정의 눈에 눈물이 다시 차오르고 있었다.

얼떨결에 윤소정을 안은 윤태성 회장이 눈을 껌벅이며 더듬거렸다.

"여기는 어디냐? 그리고 내가 왜 이러고 있어?"

윤태성 회장은 자신이 박영진과 다투다 쓰러졌다는 것을 잠시 기억에서 떠올리지 못하고 있었다.

윤소정이 울면서 대답했다.

"아빠아~ 흐흑 아빠가 큰일 났었다는 것을 알아요?"

"뭐?"

윤태성 회장이 다시 머리를 갸웃했다.

윤소정이 입을 열었다.

"아빠가 박영진 그 놈이랑 다투다가 쓰러진 것 기억이 나지 않으세요?"

딸의 말에 윤태성 회장이 잠시 눈을 껌벅이다가 그제야 기억에 떠오른 듯 입을 벌렸다.

"그놈!"

그제야 자신이 사위였던 박영진과 말싸움을 하다가 노기를 참지 못하고 쓰러진 것이 생생하게 떠올랐다.

하지만 그 후에는 잠시 잠을 잔 기억뿐, 다른 것은 전혀 떠오르지 않았다. 윤소정이 입을 열었다.

"아빠가 쓰러졌는데 그때 마침 이분들이 그곳에 계셔서 아빠를 치료할 수 있었어요. 이분들 때문에 아빠가 다시 살아나신 거라고요."

"그, 그래?"

윤소정이 김동하와 한서영을 돌아보며 입을 열었다.

"아빠를 살려주셔서 너무나 고마워요."

윤태성 회장이 헛기침을 했다.

"험! 내가 고작 그따위 놈 때문에 죽을 것 같으냐? 치료를 해주신 것은 고맙지만 그렇게 호들갑 떨 일도 아니다."

윤소정이 머리를 흔들었다.

"아빠! 그게 아니라 아빠는 이미 죽었어요. 다시 살아나신 거라고요."

"뭐?"

윤태성 회장은 딸이 하는 말이 무슨 의미인지 전혀 이해가 되지 않았다.

"그게 무슨 말이냐? 내가 죽다니?"

윤소정이 잠시 김동하와 한서영을 바라보다가 윤태성 회장에게 머리를 돌렸다.

"아까 아빠가 그곳에서 박영진, 그 비정한 인간과 말다툼하다가 쓰러졌을 때 바닥에 머리를 크게 부딪쳐 아빠는 이미 돌이킬 수 없을 정도로 크게 다치셨어요."

윤소정의 목소리는 가늘게 떨리고 있었다.

윤소정이 아빠인 윤태성 회장에게 설명을 하고 있을 때, 놀란 얼굴로 김동하가 윤태성 회장에게 천명을 돌려주는 모습을 모두 지켜본 데니얼 엘트먼이 돌처럼 딱딱하게 굳은 얼굴로 김동하와 한서영의 곁으로 다가왔다.

"다, 닥터 한!"

데니얼 엘트먼은 자신이 눈으로 지켜본 것을 도저히 믿을 수가 없었다. 자신의 눈으로 보아도 윤태성 회장은 이미 숨이 끊어져 죽은 사람이었다.

두 눈의 동공이 열려 있었고 사망한 시신에서나 볼 수 있는 경직된 형태가 너무나 명확하게 보였다. 이미 숨이 멎은 사람은 세계 최고의 의술을 가진 의사라고 해도 살려낼 수 없다는 것을 누구보다 잘 아는 그였다.

그런 그의 눈앞에서 죽은 윤태성 회장이 다시 멀쩡한 모

습으로 살아나는 모습은 그야말로 기적이라는 말 외에는
설명이 되지 않는 충격적인 상황이었다.

데니얼 엘트먼이 귀신을 본 것처럼 하얗게 질린 얼굴로
다가왔다.

"조, 조금 전에 제가 본 그것이 무엇입니까?"

데니얼 엘트먼은 김동하의 입에서 신비로운 푸른빛의 기
운이 흘러나오는 것을 두 눈으로 생생하게 지켜보았다.

한서영이 데니얼 엘트먼을 보며 살짝 웃었다.

"보셨어요?"

데니얼 엘트먼이 정신없이 머리를 끄덕이며 김동하를 바
라보았다. 하얗게 질린 얼굴로 치켜뜬 두 눈이 마치 앞으
로 굴러 나올 것처럼 벌어진 모습이었다.

"닥터 김의 입에서……."

데니얼 엘트먼이 자신이 본 천명의 기운을 언급했다.

한서영이 힐끗 김동하를 돌아본 후에 데니얼 엘트먼을
바라보았다.

"엘트먼 이사님께서 보신 것은 이 사람이 가진 권능이에
요. 천명의 권능."

데니얼 엘트먼의 입이 살짝 벌어졌다.

"천명의 권능?"

한서영이 잠시 눈을 감았다가 떴다.

"좀 전에 엘트먼 이사님이 보셨던 이 사람이 가진 그 특

별한 능력과 의술 때문에 레이얼 시스템의 토마스 레이얼 회장님을 살릴 수 있다고 말씀드릴 수 있었던 거예요."

"아!"

데니얼 엘트먼의 입에서 탄성이 흘러나왔다.

자신도 몇 번 본 적이 있었던 신비하고 이해가 되지 않는 동양의 침술과 함께 김동하가 가진 특별한 능력으로 토마스 레이얼 회장의 병을 완치시킨다는 말에 그제야 한서영과 김동하가 그토록 완치를 자신했던 이유가 이해되었다.

데니얼 엘트먼의 가슴이 두근거렸다. 그가 잠시 한서영의 얼굴을 바라보다가 김동하에게 머리를 돌렸다.

"닥터 김! 그 천명의 권능이라는 것으로 우리 회장님을 치료할 수 있겠습니까?"

김동하가 물끄러미 데니얼 엘트먼을 바라보았다.

김동하의 입이 열렸다.

"지금까지 살아오면서 토마스 레이얼 회장님이라는 분께서 타인의 생명을 해치거나 악업의 죄를 짓지 않았다면 다시 천명을 돌려받는 것에 문제는 없을 겁니다. 하지만 그분께서 스스로 악업을 행하여 천문이 막혔다면 아마 다시 천명을 돌려받지는 못하겠지요."

데이얼 엘트먼이 머리를 흔들었다.

"그런 일은 없습니다. 평생을 연구와 자신의 가족밖에 모르고 살아오신 분이 토마스 회장님이십니다."

조선남자
朝鮮男子
64

김동하가 부드럽게 웃었다.

"그렇다면 천명을 돌려받으시는 것에 방해가 될 것은 없을 것 같군요."

김동하의 목소리는 너무나 부드러웠다. 그때였다.

"저, 정말 두 분께서 나를 다시 살려주신 것이오?"

어느새 자신이 누워 있던 테이블에서 내려와 김동하와 한서영의 곁으로 다가온 윤태성 회장의 놀란 목소리가 들렸다. 한서영과 김동하의 시선이 윤태성 회장을 향했다. 윤태성 회장은 딸 윤소정이 하는 말을 모두 들었지만 여전히 믿어지지 않는다는 표정이었다.

윤태성 회장의 팔을 부축하듯이 잡고 있는 윤소정의 얼굴이 발갛게 달아올라 있었다.

김동하가 머리를 끄덕였다.

"어르신의 혈맥을 짚어보니 맥혈에 완고함과 고집이 느껴졌지만 다행히 그것이 천문을 막지는 않았습니다. 그 때문에 다시 천명을 돌려드릴 수 있었습니다."

윤태성 회장은 김동하가 하는 말이 무슨 뜻인지 언뜻 이해가 되지 않았다. 그렇지만 김동하의 입에서 푸른빛이 흘러나와 자신의 몸속으로 들어가면서 다시 살아났다는 것과 그것이 천명이라고 설명해준 한서영의 말에 딸의 말이 틀리지 않았다는 것을 느꼈다.

윤태성 회장이 놀란 얼굴로 김동하를 바라보았다.

"그, 그게 정말입니까?"

윤소정이 끼어들었다.

"아빠는 내가 하는 말을 아직도 믿지 못하셔요. 예전부터 아빠는 당신 자신의 눈으로 본 것만 믿으실 정도로 고집이 완고하신 분이시라……."

윤소정의 말에 김동하가 웃었다.

"하하, 고집은 있으시지만 천문을 막을 정도로 사념이 가득한 고집이 아닙니다. 오히려 지금까지 어르신이 살아오신 힘의 근본이 될 정도로 우직한 고집이라고 해야 할 것 같군요. 그것이 천명을 다시 돌려받는 것을 방해하지 않았으니 다행입니다."

윤태성 회장이 굳은 얼굴로 물었다.

"그, 그 천명이라는 것을 내가 볼 수 있겠소?"

김동하의 입에서 말로 설명하기 힘든 푸른빛이 흘러나왔다는 것을 말하는 것이다.

김동하가 힐끗 한서영을 바라보았다.

한서영이 잠시 머뭇거리다 머리를 끄덕였다. 이제 김동하는 천명을 다시 드러낼 때 한서영의 허락을 구할 정도로 한서영을 혈육과 같은 소중한 존재로 생각했다.

한서영이 머리를 끄덕이자 김동하가 한 손을 입으로 가져가 작게 입김을 불어냈다.

후우우우—

순간 윤태성 회장을 다시 살려내었던 천명이 김동하의 입을 통해 흘러나왔다.

윤태성 회장과 윤소정 그리고 데니얼 엘트먼이 놀란 얼굴로 김동하의 손에 놓인 너무나 신비로운 푸른빛의 기운을 바라보았다. 윤소정과 데니얼 엘트먼은 두 번째로 보는 천명의 기운이었지만 여전히 그 신비롭고 아름다운 푸른빛은 놀랍기만 했다. 윤태성 회장이 놀란 얼굴로 천명의 기운에서 시선을 떼지 못한 채 입을 열었다.

"이, 이게 천명이라는 것이오?"

한서영이 입을 열었다.

"사람은 태어날 때부터 하늘이 내려준 천명을 부여받고 태어납니다. 그게 이런 빛의 형태로 보이는 것이에요. 이 남자는 그런 천명을 거둘 수도 있고 다시 돌려줄 수도 있는 권능을 가지고 있는 사람이에요. 다행히 마침 우리도 미국으로 가기 위해 공항으로 왔다가 어르신이 쓰러진 것을 보았고, 그 때문에 어르신께 다시 천명을 돌려 줄 수가 있었어요."

"세상에……."

윤태성 회장은 자신의 눈으로 자신을 다시 살려낸 천명의 권능을 보고 있었지만 믿어지지 않았다. 김동하가 다시 천명을 자신의 입으로 회수하곤 입을 열었다.

"아까 어르신의 따님에게 약속을 당부했던 대로 이것을

다른 사람에게 굳이 말하지 않았으면 좋겠어요."

윤소정이 머리를 크게 끄덕였다.

"약속드린 대로 절대로 말하지 않을게요."

윤태성 회장이 김동하와 한서영을 보며 급하게 입을 열었다.

"경황이 없다 보니 나를 살려준 두 분의 생명의 은인에게 인사도 하지 못했군요. 난 윤태성이라는 늙은이외다."

김동하와 한서영이 머리를 숙였다.

"천운이 있어 어르신이 쓰러진 곳을 우연히 지나게 되어 다시 어르신께 천명을 돌려드릴 수 있었습니다. 저는 김동하라고 합니다."

"한서영입니다."

윤태성 회장이 약간 상기된 얼굴로 입을 열었다.

"내 딸이 하는 말을 들으니 두 분께서 의사라고 하셨다고 들었소. 맞습니까?"

한서영이 머리를 끄덕였다.

"전 세영대학병원에서 근무하는 한서영입니다. 그리고 이 사람은……."

한서영이 김동하를 바라보며 잠시 멈칫했다.

김동하를 현직의 의사라고 하기에는 한서영으로서는 부담스러운 상황이었다.

한서영이 이내 입술을 잘근 깨물고 입을 열었다.

"사정상 말씀을 드릴 순 없지만 한의학을 전공하는 의사 예요."

한서영의 말을 들은 윤태성 회장이 굳은 얼굴로 김동하와 한서영의 얼굴을 찬찬히 살펴보았다.

너무나 아름다운 젊은 여의사와 그 여의사에 참으로 잘 어울리는 잘생긴 사내가 그의 눈에 보였다.

윤태성 회장이 상기된 얼굴로 다시 머리를 숙였다.

"다시 한번 이 늙은이의 목숨을 살려주셔서 감사드립니다. 두 분 의사 선생."

김동하와 한서영이 머리를 흔들었다.

"아닙니다. 때마침 그곳에 우리가 그곳을 지나다 어르신을 구할 수 있었던 것입니다."

"급한 상황에서 의사의 신분을 가진 사람이라면 당연히 했을 행동이었을 뿐이에요."

김동하와 한서영이 한사코 윤태성 회장의 인사를 거북해 했다. 하긴 자신의 부모보다 나이가 많은 윤태성 회장의 인사를 받는 것은 나이가 적은 김동하나 한서영으로서는 거북하고 불편할 게 뻔했다. 윤태성 회장이 머리를 들어 김동하와 한서영을 바라보았다.

"내가 누군지 두 분께서 아십니까?"

김동하와 한서영이 눈을 깜박였다.

윤태성 회장이 쓰러진 이후 사람들이 회장님이라고 소란

을 피우는 것은 들었지만 실제로 그가 어떤 곳의 회장인지
는 모르고 있었다. 윤태성 회장의 눈에 약간 놀란 듯한 표
정의 김동하와 한서영의 얼굴이 보였다.

윤태성 회장이 웃었다.

"허허 뭐 이 늙은이가 조금 유명하다고 하지만 세상에는
나를 모르는 사람들도 많을 테니 괘념치 않습니다. 난 한
국항공의 윤태성이라는 사람입니다."

윤소정이 끼어들었다.

"우리 아빠가 한국항공의 회장님이세요."

윤소정의 말에 한서영의 입에서 작은 탄성이 흘렀다.

"아!"

한서영도 한국항공이 대한민국에서 제일 큰 항공그룹이
라는 것은 알고 있었다. 다만 자신과는 하등의 관련도 없
는 곳이니 일체 관심을 가지지 않았을 뿐이었다.

윤태성 회장이 웃었다.

"허허, 나름 지금까지 살아오면서 내 이름 석 자는 이 세
상에 어느 정도 알리고 갈 정도는 됩니다."

한서영이 머리를 숙였다.

"몰라 뵈서 죄송합니다. 회장님."

한서영이 사과를 하자 김동하도 살짝 머리를 숙였다.

윤태성 회장이 김동하와 한서영의 뒤에 서 있는 데니얼
엘트먼의 얼굴을 바라보며 물었다.

"저분은?"

자신을 치료하기 위해 들어왔다는 이곳에 두 젊은 남녀 의사와 함께 있는 50대의 외국인이기에 윤태성 회장으로 서는 궁금해 하는 것은 당연했다.

한서영이 대답했다.

"저희 일행이에요. 오늘 함께 미국으로 동행할 분이세 요."

"허허 그렇소?"

윤태성 회장이 데니얼 엘트먼을 다시 한번 힐끗 보다가 한서영에게 물었다.

"그럼 저 외국 분도 의사선생이시군요?"

한서영이 대답했다.

"아니에요. 미국에 위치한 레이얼 시스템이라는 회사의 이사님이세요."

말을 마친 한서영이 머리를 돌려 데니얼 엘트먼을 바라 보았다.

"엘트먼 이사님! 여기 이 분 어르신이 한국의 한국항공 회장님이세요."

한서영은 데니얼 엘트먼에 관심을 갖는 윤태성 회장에게 어쩔 수 없이 일행으로 동행하고 있는 데니얼 엘트먼을 소 개할 수밖에 없었다.

데니얼 엘트먼은 그제야 김동하가 살려낸 한국노인이 세

계적인 글로벌항공그룹인 한국항공의 회장이라는 것을 알고는 놀란 얼굴로 윤태성 회장을 바라보았다.

윤태성 회장도 놀란 얼굴이 역력했다. 레이얼 시스템이라면 윤태성 회장도 잘 알고 있는 곳이었다.

확장이 확정된 서울공항과 부산공항 그리고 제주의 제2공항에 새롭게 한국항공이 도입하려는 레이더관제시스템과 계측기의 납품업체 선정에 레이얼 시스템도 포함되어 있었기 때문이다.

한국항공으로서는 새롭게 들어설 신공항의 관제시스템과 각종 제어시스템에 들어갈 장비와 계측기의 선정업체를 전 세계의 시스템업체별로 선정해 놓고 있는 중이었다. 아직까지 정식으로 업체가 선정된 것은 아니지만 한국항공에서 신항공의 장비납품업체로 지명한다면 10년에 걸쳐 수십조 원의 비용이 발생할 것은 당연했다.

데니얼 엘트먼이 윤태성 회장을 보며 머리를 숙였다.

"레이얼 시스템의 데니얼 엘트먼이라고 합니다. 회장님!"

윤태성 회장이 눈을 껌벅이며 데니얼 엘트먼을 바라보다가 손을 앞으로 내밀었다.

"윤태성이오."

두 사람이 악수를 나누는 모습을 본 김동하와 한서영이 서로 얼굴을 마주보았다. 자신들로 인해서 묘한 인연이 만

들어지는 상황이었다. 그때였다.

쾅쾅쾅.

또다시 문을 거칠게 두들기는 소리가 들렸다.

"문을 열어주시오. 공항의료팀입니다."

문 밖에서 마치 외치는 듯한 고함소리가 들려왔다.

윤태성 회장이 이마를 찌푸렸다.

"저게 뭐하는 짓이야?"

윤소정이 대답했다.

"아빠를 치료하기 위해서 여기 들어오고 난 뒤에 의사선생님들이 모두 밖으로 내보냈어요. 박영진 그 인간도 있어서 제가 좀 민감하게 반응했거든요."

윤태성 회장은 딸의 말을 들으며 자신은 보지 못했지만 그간의 상황이 어떻게 벌어졌을지 짐작했다.

윤태성 회장이 데니얼 엘트먼을 바라보며 물었다.

"레이얼 시스템과 여기 두 분 의사선생님들과는 어떤 사이인지 물어도 되겠소?"

데니얼 엘트먼이 대답했다.

"여기 있는 닥터 한 부부의 부친께서 우리 레이얼 시스템의 동아시아……."

말을 하려던 데니얼 엘트먼이 잠시 망설였다.

원래는 레이얼 시스템의 동아시아 서비스센터가 한국에 위치한 서진무역이었다.

그렇지만 지금의 상황에서 서진무역을 서비스센터로 격하시키는 것은 바람직하지 않다는 생각이 든 것이다.

데니얼 엘트먼이 입술을 살짝 깨물며 입을 열었다.

"닥터 한 부부의 부친께서 우리 레이얼 시스템의 아시아 담당 총괄본부를 운영하고 계십니다."

만약 미국으로 건너간 김동하와 한서영의 도움으로 진짜 토마스 레이얼 회장이 다시 살아나게 된다면 지금 말하는 데니얼 엘트먼의 말은 오히려 그 규모가 작아질 수도 있을 정도였기에 틀린 말은 아니었다.

순간 윤태성 회장의 눈이 커졌다.

레이얼 시스템의 아시아 총본부가 있다는 것은 자신도 알지 못하는 일이었다. 일본의 구와정밀, 하치네 제작소를 비롯하여 독일의 브란츠정밀, 하켈 시스템과 프랑스의 브뢰츠 항공시스템, 영국의 하쿤 시스템을 비롯하여 미국의 레이얼 시스템까지 차기 신공항의 각종항공장비납품 업체로 대상지정업체 목록에 올라와 있었다.

그중 레이얼 시스템의 아시아 총본부가 한국에 있다는 보고는 듣지도 못했다.

다만 레이얼 시스템의 근래 사업근황이 상당부분 축소되고 있다는 보고가 올라와 차기 신공항 장비업체 선정에서 레이얼 시스템은 어느 정도 제외되고 있다는 것만 머리에 남아 있었다.

윤태성 회장이 한서영을 바라보았다.

"의사선생의 부친께서 레이얼 시스템의 아시아 총본부를 운영하시고 계시는 것이오?"

한서영이 머리를 끄덕였다.

"그렇습니다."

"허허 이런 일이 있나?"

윤태성 회장으로서는 자신의 생명을 다시 살려준 김동하와 한서영에게 어떤 식으로든 보답을 하려 했다.

그런데 어쩌면 자신이 생각한 것보다 더 좋은 기회가 올 거라는 생각이 들었다.

윤태성 회장의 눈이 반짝이고 있었다. 그때였다.

또다시 문에서 큰 소리가 나며 외치는 소리가 들렸다.

쾅쾅쾅—

"회장님! 회장님!"

사납게 외치는 소리가 문 밖에서 들리자 윤태성 회장의 이마가 찌푸려졌다.

"쯧! 어지간히 귀찮게 하는군 그래."

말을 마친 윤태성 회장이 딸 윤소정을 돌아보며 입을 열었다.

"열어 줘라. 내가 멀쩡한 것을 보아야 저놈들이 조용해질 것 같구나."

윤소정이 머리를 끄덕였다.

"알겠어요."

윤태성 회장이 머리를 끄덕이는 윤소정을 보며 다시 입을 열었다.

"다른 놈들은 다 들어와도 그놈만은 얼굴도 보기 싫다. 끙~ 고연 놈."

윤소정은 아빠 윤태성 회장이 그놈이라는 말을 하는 상대가 누군지 너무나 잘 알고 있었다.

윤소정이 대답했다.

"물론이에요. 나도 두 번 다시 그 사람 얼굴 보고 싶지 않아요."

윤소정이 큰 걸음으로 문 쪽으로 향했다.

태성 회장이 데니얼 엘트먼을 보며 입을 열었다.

"조만간 우리는 다시 만나게 될 것 같습니다."

윤태성 회장의 목소리에 힘이 실려 있었다.

데니얼 엘트먼이 뜬금없는 윤태성 회장의 말에 눈을 껌벅였다. 윤태성 회장이 이번에는 한서영과 김동하에게 시선을 던졌다.

"허허 두 분이 부부라고 하니 참으로 놀랍군요. 어쨌든 두 분도 조만간 이 늙은이를 다시 만나게 될 겁니다. 틀림없이."

윤태성 회장의 말에 한서영과 김동하가 영문을 모르는 얼굴로 눈을 깜박였다.

아무래도 천명을 다시 돌려준 것에 대한 보답을 하려는 뜻인 듯하지만 데니얼 엘트먼 이사와 자신들을 다시 만나게 될 것이라는 윤태성 회장의 말뜻이 그것만은 아닌듯한 예감을 느꼈다. 윤소정이 문 앞에 서자 밖에서 칭얼거리는 듯이 울고 있는 자신의 두 쌍둥이 아들의 울음소리가 희미하게 들려왔다.

  딸칵—

  벌컥—

  거칠게 문을 연 윤소정이 큰소리로 외쳤다.

  "일준아! 이준아!"

  윤소정의 목소리가 짤랑하며 크게 울리고 있었다.

  언제 울었느냐는 듯이 윤소정의 목소리에는 제법 힘이 실려 있었기에 복도에서 기다리고 있던 사람들의 얼굴이 번쩍 치켜들어졌다.

조선남자

朝鮮男子

-천능의 주인-

파문(波文)

쾅—

쩌저적.

와직.

거칠게 내려친 전화기가 책상 위에 덮개처럼 깔려 있던 유리에 섬뜩한 금을 만들었다.

전화기는 튕겨 나와 바닥에 떨어지며 부서졌다.

이를 악문 박영진이 마치 철천지원수와 대면을 하는 듯 눈앞을 노려보았다.

그의 시선이 향한 곳은 자신의 사무실 유리창밖이었다.

뚝섬유원지가 강 건너편으로 보이고 있었지만 그의 시선

은 마치 초점을 잃은 것처럼 멍하게 허공을 노려보는 듯했
다.

"빌어먹을."

얇은 입술을 비집고 나직한 목소리가 흘러나왔다.

그의 머릿속에 마치 벌레를 보듯 자신을 바라보는 전처
윤소정의 눈빛과 자신과는 전혀 상관없는 사람이라는 듯
무심코 스쳐가는 한서영의 얼굴이 겹쳐 보였다.

전처 윤소정의 그 소름끼치는 시선은 얼마든지 감수할
수 있었다.

하지만 자신을 전혀 모르는 타인처럼 바라보던 한서영의
무심한 시선은 견딜 수 없을 정도로 모멸감을 느끼게 만들
었다.

그녀의 손이 자신의 혈관에서 피를 채취했던 것을 고스
란히 기억으로 가지고 있는 박영진에 비해서 한서영은 그
를 전혀 모르는 이방인으로 보고만 있었다.

그것이 박영진은 너무나 서운하고 불쾌했다.

더구나 한서영의 옆에서 다정한 모습으로 서 있던 김동
하를 보며 박영진으로서는 난생 처음 패배감이라는 것을
맛보았다.

김동하는 자신보다 헌칠한 키에 자신보다 더 듬직한 체
격을 가지고 있었다.

아름다운 한서영에게 그야말로 맞춤옷처럼 잘 어울리던

김동하의 모습은 지금까지 살아오며 단 한 번도 느끼지 못한 자격지심을 박영진에게 처절할 정도로 안겨주었다.

박영진이 32년이라는 세월을 살아오면서 단 한 번도 그의 의지대로 되지 못했던 경험은 없었다.

아내와의 이혼도 그렇고 동신그룹의 모든 비즈니스도 자신의 계획과 플랜 속에서 이루어지고 풀어지는 것을 자랑으로 생각했던 사람이 바로 자신이었다.

하지만 그곳에서는 자신으로서는 아무것도 할 수가 없었다.

한서영에게 말을 걸 수도 없었고 아내와 장인에게 다가갈 수도 없었다.

이 세상의 모든 것을 자신의 것으로 만들 수 있다는 자신감도 난생 처음 허망한 욕심일지도 모른다는 생각이 들었다.

동신그룹에서는 자신의 일거수일투족이 모든 사람의 관심의 대상이었지만 그곳에서는 자신에게 신경 쓰는 사람은 단 한 사람도 없었다.

이 세상 모든 사람들이 자신에게 신경을 쓰지 않는다고 해도 한서영이 자신을 알아보아 주었다면 그것으로 충분했다.

그러나 한서영은 자신을 거리를 지나다 스쳐가는 나그네처럼 무표정한 얼굴로 지나쳤다.

그것이 박영진에게는 견딜 수 없을 정도로 소외감을 느끼게 만들었다.

또한 한서영이 김동하와 함께 나란히 출국장으로 빠져나가며 예쁘게 웃는 모습은 가슴을 후벼 파는 느낌이었다.

"그녀의 기억 속에 내가 기억할 필요도 없는 하찮은 인간이었다는 것이 우습군."

박영진의 입에서 허탈한 목소리가 흘러나왔다.

적어도 한서영이 자신의 얼굴은 기억하고 있을 것이라고 믿었고 그것을 자신했다.

부드러운 한서영의 손이 자신의 팔을 잡고 자신의 혈관에 침을 밀어 넣으며 건네던 그 달콤하던 목소리를 아직도 생생한 기억으로 가지고 있는 박영진이었다.

하지만 한서영은 전혀 기억하지 못했고 그를 바라보는 시선에도 그가 기대했던 일말의 우호감도 느껴지지 않았다.

아내인 윤소정이 자신을 바라보는 분노 어린 시선과는 다른 참으로 무감정한 시선이었기에 박영진은 그것이 치욕적인 배신감으로 느껴질 정도였다.

"이 박영진이 한서영 당신에겐 그저 스쳐가는 수백, 수천의 환자 중 한 명일 뿐이었나?"

힘이 빠진 박영진의 혼잣말이 그의 집무실을 공허하게 울리다 사그라들었다.

지금 이 시간 동신그룹의 기획조정실은 한겨울의 삭풍이 불어친다고 해도 틀리지 않을 정도로 얼어붙어 있었다.

외출을 하고 돌아온 박영진 기획조정실장의 표정은 마치 살인이라도 하고 돌아온 것처럼 살얼음이 얼어 있었다.

얼핏 박영진의 얼굴에 살기가 돈다고 느껴질 정도로 충격적인 모습이었다.

옷에 잡티 하나 보이지 않을 정도로 결벽증에 가까운 깔끔을 떨던 박영진이 와이셔츠의 매듭이 풀어져 있고 머리칼은 헝클어져 있었다.

또한 옷차림조차 아까 집무실을 나설 때와는 180도 달라진 흐트러진 모습이었다.

지금까지 이런 모습의 박영진을 본 사람은 단연코 영진그룹에서는 단 한 명도 없었을 것이다.

오죽하면 박영진의 가족들조차 박영진의 그런 풀어진 모습을 보지 못했을 정도였다.

박영진이 부서져 나간 책상유리를 힘이 빠진 시선으로 바라보았다.

"홋! 지금의 내 꼴 같군 그래."

박영진은 지렁이처럼 사방으로 갈라진 자신의 유리판을 바라보며 실소를 머금었다.

금은 보기 싫을 정도로 사방으로 갈라져 나갔다.

털썩—.

허탈한 표정으로 책상을 바라보던 그가 의자에 주저앉았다.

그의 시선에 액정이 부서지고 케이스가 부서진 모습으로 바닥에 떨어져 있는 전화기가 들어왔다.

업무용 전화기가 아닌 개인용 자신의 전화기였다.

전화기는 다시 살 수 있지만 부서져 나간 그의 자존심은 다시 되살릴 수 없는 것에 자괴감이 느껴졌다.

박영진이 이를 악물었다.

"그곳에서 나와 마주친 것은 역시 나와 한서영 당신이 그저 단순하게 스쳐가며 잊힐 흔한 인연은 아니라는 것을 증명하는 것이다."

박영진의 눈매가 날카로워졌다.

지독한 편집증이었다.

어떤 상황이든 자신에게 유리해야만 하고 자신에게 적합한 상황으로 받아들이는 박영진의 눈매는 마치 광기처럼 보였다.

박영진이 인터폰을 눌렀다.

삐익—

박영진으로 인해 비상이 걸려 있던 기획조정실의 비서실에서 떨리는 목소리가 들려왔다.

—네, 네 실장님.

"정인학 대리를 불러요."

박영진의 목소리는 메마른 듯 갈라진 느낌으로 흘러나왔다.

지금까지 비서실에 업무나 용건을 통보하는 박영진의 목소리는 대부분 특유의 사무적인 어투였지만 지금은 상당히 감정이 실려 있는 듯했다.

—아, 알겠습니다.

이내 인터폰이 끊어졌다.

지금쯤 기획조정실의 전 직원들은 한시라도 빨리 퇴근시간이 오기를 기다리고 있을 것이다.

이런 살벌하고(?) 살얼음판 같은 사무실 분위기를 견디는 것이 고역이었을 것은 당연했다.

잠시 후.

똑똑.

문에서 노크소리가 들렸다.

"들어와요."

박영진의 목소리가 끝나자 문이 열리며 긴장한 정인학 대리가 굳은 얼굴로 방으로 들어섰다.

그가 분위기를 살피려는 듯이 집무실을 돌아보며 박영진의 눈치를 살폈다.

박영진은 정인학 대리가 들어왔지만 정인학의 얼굴을 보지 않았다.

"부르셨습니까? 실장님!"

그제야 박영진이 머리를 끄덕이며 머리를 들어 정인학을
바라보았다.

동신그룹의 냉혈의 황태자라는 별명을 가진 박영진답지
않게 약간 초조해 하는 듯한 모습이었다.

박영진이 정인학을 보며 입을 열었다.

"한서영씨의 부모님을 만나야 할 것 같습니다. 정대리가
자리를 만드세요."

박영진의 말에 정인학 대리의 눈이 커졌다.

"하, 한서영씨의 부모님을 만나시겠다고요?"

"그래요."

박영진이 단호한 얼굴로 머리를 끄덕였다.

정인학의 눈이 데굴데굴 구르는 듯이 흔들렸다.

머릿속으로 수많은 계산을 하고 있는 듯한 모습이었다.

박영진이 어금니를 깨물며 입을 열었다.

"어떤 구실을 대어도 좋고 어떤 조건을 만들어도 좋습니
다. 당장 한서영씨의 부모님을 만나야 할 것 같으니 정대
리가 자리를 만들어 보세요."

정인학 대리의 눈이 껌벅였다.

박영진의 말대로 하고 싶었지만 어떤 식으로 자리를 만
들어야 할지 머릿속에서 아무런 생각이 떠오르지 않았다.

아니 생각이 떠오르지 않는 것이 아니라 수만 개의 생각
이 한꺼번에 떠올랐기에 오히려 머릿속이 비워지는 느낌

이었다.

그 모습을 본 박영진이 이를 악물었다.

그가 노려보듯 정인학 대리를 바라보았다.

"한서영씨의 부친께서 무슨 일을 한다고 했죠?"

정인학 대리가 대답했다.

"을지로 6가에서 규모가 작은 서진무역이라는 업체명으로 무역사업을 하고 있습니다."

박영진이 지체 없이 물었다.

"주거래 품목은?"

"계측기 분야입니다. 실장님도 아시다시피 계측기 분야는 다양한……."

정인학은 이제 한서영의 부친인 한종섭 사장의 사업내역까지 줄줄이 꿰고 있을 정도로 한종섭에 대해서 잘 알고 있었다.

말을 하던 정인학 대리의 말을 박영진이 손을 들어 막았다.

"그럼 우리 동신그룹에서 계열사 확장에 필요한 장비수급을 의뢰한다는 말로 한서영씨의 부친과 만날 수 있는 자리를 만드세요. 거래규모는 100억 원대로 하고."

박영진의 말에 정인학 대리의 눈이 커졌다.

100억 원이라면 자신이 조사한 한서영의 부친이 운영하는 서진무역의 총 거래규모의 두 배 가까이 되는 엄청난 규모였다.

서진무역으로서는 감당이 되지도 않을 그야말로 초대박 오더라고 할 수가 있었다.

정인학 대리가 더듬거렸다.

"100억이라고요?"

"그래요."

박영진의 표정은 단호했다.

정인학 대리가 굳은 얼굴로 입을 열었다.

"한서영씨의 부친께서 운영하시는 무역회사는 그 정도의 큰 거래규모를 감당할 수가 없을 겁니다."

박영진이 입술을 비틀며 웃었다.

"감당할 수 없으면 감당하게 만들면 됩니다."

단호한 박영진의 말에 정인학 대리가 입을 닫았다.

박영진의 업무지시에 대한 습관을 누구보다 잘 아는 정인학 대리였다.

한번 내려진 자신의 결정을 번복하는 일이 없고 내려진 지시에 대해서는 철저하게 그 진행과정을 살펴본다.

그 때문에 실무자들은 항상 박영진의 눈에 들기 위해 필사적으로 업무를 추진했다.

그리고 그것이 지금의 박영진이 가진 커리어와 회장의 절대적인 신임을 받게 된 실질적인 배경이라고 할 수가 있었다.

"아, 알겠습니다. 실장님!"

"그룹 총무팀의 이배영 부장을 대동하고 한서영씨의 부친과 접촉해 보도록 하세요."

그룹 총무팀 이배영 부장이라면 실질적으로 동신그룹과 연관된 협력사의 금융관리와 자금관리를 총괄하는 사람이었다.

그의 손을 거쳐 협력사에 내려 보낼 자금을 집행하고 협력사와의 채무관계를 정리한다.

그 때문에 이배영 부장이라면 자금 걱정은 전혀 할 필요가 없다.

더구나 기획조정실장인 박영진의 긴급지시로 진행하는 업무라면 어떤 업무보다 우선할 것은 당연했다.

박영진이 정인학 대리를 바라보며 다시 입을 열었다.

"총무팀 이부장과 같이 한서영씨의 부친을 만나서 자리를 만들어 보세요. 초기조건은 그쪽이 원하는 대로 들어준다는 옵션을 제시해도 됩니다. 물론 어떤 조건이든 모두 다 받아들인다고 해도 됩니다. 단가조정이나 계약기간도 어떤 클레임 조항 없이 그쪽의 요건에 맞춘다고 해야겠지요. 다만 계약서를 진행하기 전에 저와 대면해서 마지막 정리를 해야 한다는 것도 잊지 말고요."

정인학 대리의 얼굴이 멍해지고 있었다.

지금 박영진이 말한 내용은 그야말로 너무나 파격적이었다.

박영진의 말대로라면 이 세상에서 사업을 하지 않을 사람이 없을 것이라는 생각이 들 정도였다.

정인학 대리가 굳은 얼굴로 입을 열었다.

"그, 그럼 정식으로 계약서에 서명하기 전에 본사로 불러들이겠습니까?"

정인학 대리는 100억 규모의 거래라면 한서영의 부친인 한종섭 사장을 동신그룹 본사로 불러들여 지금까지 해왔던 협력사 계약과 동일하게 진행할 것이라고 생각했다.

본사에서 계약할 때는 해당 협력사 사장과 동신그룹 실무진과의 접촉을 기본으로 다시 한번 계약조건을 조정한 후에 결정하는 전형적인 비즈니스 계약이 될 것이다.

하지만 그의 예상과는 달랐다.

"아닙니다. 이것은 내가 독단적으로 진행하는 비즈니스니 개인적으로 접촉하는 것이 나을 것 같습니다."

정인학 대리는 단번에 박영진의 마음을 읽었다.

"알겠습니다. 그럼 조용한 곳으로 자리를 만들겠습니다."

박영진이 머리를 끄덕이며 다시 입을 열었다.

"그리고 가능하면 한서영씨의 부친과 모친을 같이 만날 수 있도록 하면 좋겠군요. 뭐 핑계를 대면 이번 거래규모가 큰 관계로 우리 동신그룹에서 부 책임자를 부인으로 설정하는 것이 좋겠다는 의견이 나왔다고 하시면 될 것이고요."

박영진의 말은 무척이나 엉뚱했다.

동신그룹이 한서영의 부친인 한종섭 사장이 운영하는 서진무역과 거래를 한다는 것은 갑을의 관계가 있긴 하지만 분명 법인과 법인의 계약이라고 할 수 있다.

그런 거래관계에 책임자로 서진무역의 사장을 지정하고 부책임자로 부인을 지정한다는 것은 참으로 황당한 계약이라고 할 수밖에 없었다.

정인학 대리도 박영진의 요구가 엉뚱하다는 것을 느낀 것인지 약간 놀란 얼굴로 바라보았다.

박영진이 어금니를 깨물었다.

"우리 동신그룹으로서도 100억이 넘는 큰 규모의 거래치고는 사업내역이 확인되지 않은 곳과의 첫 계약인 만큼 손실의 부담을 우려해 부득이 취한 방법이라고 둘러대세요. 어차피 손실이 발생한다고 해도 그분들에게는 상관없는 일이니까요."

기묘하게 변형된 변태적인 계약이라고 할 수 있는 방법이었다.

정인학 대리가 머리를 숙였다.

"알겠습니다."

"미팅시간은 빠르면 빠를수록 좋겠습니다."

"예!"

정인학 대리의 표정은 잔뜩 굳어 있었다.

그의 머릿속에는 한서영의 부친 한종섭 사장이 자다가 호박이 넝쿨째 집안으로 굴러들어오는 그야말로 횡재 꿈을 꾸고 있을지 모른다는 생각이 들었다.

100억이 넘는 엄청난 규모의 첫 계약에 서진무역이 요구하는 옵션을 모두 받아들인다는 박영진의 제안은 그야말로 파격적이었다.

일반적으로 첫 계약에 지급하는 돈은 계약총액의 10%에서 많으면 20%의 금액이 정상이다.

이후 납품상황에 따라 단계적으로 자금이 집행되고 마지막 잔금은 모든 오더가 끝난 직후 지급되는 것이 일반적이다.

하지만 만약 서진무역에서 초기자금으로 계약금의 50% 이상을 요구한다면 단번에 서진무역에 50억 원의 자금이 집행될 것이고, 그것은 단숨에 한서영의 부친에게 대박을 안겨줄 수 있다.

또한 서진무역에 납품을 요구하게 될 계측기의 단가조정도 한서영의 부친 한종섭 사장이 제시하는 대로 이루어 질 것은 당연했다.

시스템 계측기의 단가가 정확히 어느 정도인지는 모르지만 마진율이 제법 상당한 수준이라고 알려져 있었다.

그 때문에 동신그룹과의 단가조정 없는 납품거래는 그야말로 서진무역에게는 황금덩어리가 그냥 굴러들어오는

것과 같았다.

박영진은 한서영을 자신의 여자로 만들기 위해서는 그 정도의 의미 없는 출혈이야 얼마든지 감수할 수 있다고 생각했다.

그것은 지금까지 박영진이 동신그룹의 얼음황태자라는 자신의 이미지를 만들어 온 것과는 전혀 다른 행동이었다.

정인학 대리가 박영진을 향해 허리를 숙인 후 이내 방을 빠져 나갔다.

박영진의 방을 빠져나오는 정인학의 눈에 굳은 표정으로 자신을 바라보고 있는 부속실 직원들의 얼굴이 보였다.

외출을 하고 돌아온 박영진의 모습이 마치 누군가를 당장이라도 때려죽일 것 같은 살벌한 표정이었다.

그것을 증명하듯 집무실로 들어간 박영진이 무언가를 부수는 소리까지 들리던 참이었다.

부속실 직원들은 그야말로 박영진의 행동에 오금이 저릴 정도로 긴장했던 것이다.

부속실의 안여진 비서가 정인학 대리를 긴장한 얼굴로 빠르게 손짓하며 불렀다.

"정대리님!"

크지 않은 목소리였으나 부속실의 직원들은 모두 정인학 대리를 바라보았다.

정인학이 눈을 껌벅이며 안여진의 앞으로 다가섰다.

"왜요?"

안여진이 작은 목소리로 급하게 물었다.

"실장님께 무슨 일이 있나요?"

안여진의 물음에 정인학이 힐끗 문이 닫힌 박영진의 집무실을 돌아보았다.

정인학이 머리를 흔들었다.

"글쎄요. 저도 잘 모르는 일입니다."

정인학으로서도 박영진이 전처 윤소정과 마지막 인사를 하기 위해 공항을 다녀왔다는 사실은 전혀 모르는 일이었다.

또한 공항에서 장인인 윤태성 회장을 만나게 되었고 더불어 한서영과 김동하까지 만나게 되었다는 것은 상상도 못 하고 있었다.

안여진이 가늘게 한숨을 불어냈다.

"살 떨려 죽겠어요. 외출하시고 돌아오신 이후부터 계속 분위기가 장난이 아니에요. 정대리님께서 실장님 방에 들어갔다가 나오셨으니 왜 그런지 아실 거라고 생각했는데……."

정인학이 잠시 눈을 깜박이다가 입을 열었다.

"아마 큰 계약이 있는데 조금 문제가 생긴 것 같습니다."

정인학은 갑자기 박영진이 동신그룹으로서는 접촉 대상도 되지 않는 구멍가게 같은 서진무역과 100억 원이 넘는

큰 계약을 추진하는 것에 이유가 있을 것이라고 생각했다.

또한 서진무역의 사장이 박영진이 관심을 가지고 있는 한서영이라는 여자의 부친이라서 무리한 계약을 추진해야 한다는 것에 스트레스를 받은 것이라고 짐작할 뿐이었다.

안여진이 눈을 껌벅였다.

"큰 거래요?"

박영진의 업무내역을 꼼꼼하게 챙겨놓았던 안여진으로서는 들어본 적이 없었던 갑작스런 비즈니스 내용이었다.

정인학 대리가 머리를 흔들었다.

"실장님께서 독단으로 추진 중인 비즈니스라서 저도 자세한 것은 알지 못합니다."

"그래요?"

안여진이 머리를 갸웃했다.

자신에게 어떤 소스도 들어오지 않았던 박영진의 독단적인 비즈니스라는 말에 안여진이 이마를 살짝 찌푸렸다.

늘 자신에게 거래내역과 거래처 자료를 비롯해서 업무에 관련된 내용을 꼼꼼하게 챙겨놓으라는 말을 말꼬리처럼 달고 있었던 박영진 실장이었다.

그런 박영진이 자신에게 단 한마디도 언급하지 않고 독단적으로 은밀하게 추진하고 있는 업무가 있다는 사실에 살짝 놀란 안여진이었다.

그때였다.

"안비서님!"

누군가 굳은 얼굴로 급하게 안여진과 부속실 직원들을 향해 다가왔다.

기획조정실 직원인 고영환 대리였다.

그의 손엔 스마트폰이 들려 있었고 얼굴은 하얗게 질린 모습이었다.

안여진이 머리를 돌렸다.

"고대리님! 왜 그래요?"

안여진은 고영환 대리의 얼굴이 하얗게 질린 것을 보며 단번에 심상치 않은 일이 터진 것을 직감했다.

"이, 이거… 친구 놈이 갑자기 문자를 보내서 이거 너네 실장 아니냐고 물어보던데 확인해 보니 실장님이셨습니다."

"네?"

안여진의 얼굴이 굳어졌다.

정인학 대리도 멍한 얼굴로 동료인 고영환 대리를 바라보았다.

"고대리. 뭔데 그래."

박영진의 지시로 외근업무를 진행하다 보니 근래에는 동료인 고영환과 자주 어울리지 못했지만 둘은 입사동기인 동시에 같은 나이의 친구 사이였다.

고영환이 살짝 입을 벌리며 뒤쪽을 가리켰다.

"지금 기조실 직원 사무실 쪽을 한번 살펴봐."

고영환의 말에 정인학이 사무실 쪽으로 시선을 돌리는 순간 그의 표정이 굳어졌다.

기획조정실 사무실의 직원들이 전부 손에 들린 휴대폰을 바라보고 있었다.

차인석 부장도 굳은 얼굴로 반쯤 일어선 자세로 전화기를 내려다보았다.

고영환이 굳은 얼굴로 입을 열었다.

"지금 떠오르고 있는 이 영상, 실시간으로 엄청난 조회수를 기록하고 있는 중입니다. 포털 전체 조회수가 상상 이상이라고요."

안여진의 입이 벌어졌다.

"세상에……."

영상의 장면은 너무나 충격적이었다.

공항에서 박영진 실장과 대한항공의 윤태성 회장이 말싸움을 하는 장면과 윤태성 회장이 격노하면서 쓰러지는 모습이 아무런 모자이크도 없이 그대로 비쳐지고 있었다.

[대한항공 윤태성 회장 인천공항에서 전 사위와 말싸움 중 쓰러져. 현재 의식불명. 중태로 생명이 위독한 상황.]

너무나 선정적인 자막까지 떠올라 있었다.

쓰러진 윤태성 회장을 붙들고 울부짖는 박영진의 전처 윤소정의 얼굴까지 하나도 숨김없이 비쳐진 영상이었다.

안여진이 하얗게 질린 얼굴로 옆자리에 앉아 있는 이수영을 바라보았다.

"이비서님! 당장 텔레비전 켜 보세요."

안여진의 지시에 이수영이 더듬거렸다.

"네, 네. 안비서님."

이수영이 떨리는 손으로 겨우 리모컨을 찾아 텔레비전을 켰다.

부속실에서 텔레비전을 켜는 경우는 동신그룹과 관련된 내용이 방송에 언급되거나 동신그룹의 계열사에서 개발한 새로운 신제품의 출시로 인한 소비자의 반응을 체크할 때뿐이다.

다른 경우에 텔레비전을 켜면 박영진에게 잔소리 듣는 것을 감수해야 하기에 아예 부속실의 텔레비전은 장식용이라는 소리를 들을 정도였다.

이수영이 텔레비전을 켜자 이내 화면에 공항의 모습이 비치기 시작했다.

텔레비전의 화면의 아래쪽에 섬뜩한 자막이 고정되어 있었다.

[속보! 대한항공 윤태성 회장, 공항에서 전 사위와 다투다 쓰러져 현재 중태, 생명 위독.]

자막만으로 보기에는 당장 윤태성 회장이 사망했다고 해도 이상이 없을 정도로 너무나 자극적인 내용이었다.

화면의 장면이 바뀌자 공항바닥에 쓰러진 윤태성 회장을 두 명의 남녀가 심각한 얼굴로 살펴보는 모습이 보였다.

두 남녀의 옆에 눈물로 범벅이 되어 울고 있는 박영진 실장의 전부인 윤소정의 모습까지 너무나 생생하게 보였다.

이내 남자가 쓰러진 윤태성 회장을 안아들고 어디론가 바쁘게 걸어갔다.

그런 남자의 뒤를 따라 울고 있는 윤소정과 남자의 일행인 듯한 아름다운 여인이 바쁘게 걸음을 옮겼다.

화면과 함께 마치 엄청난 톱뉴스를 전하는 듯한 기자의 목소리가 들려왔다.

[오늘 오후 1시 25분경 인천공항 출국장 로비에서 대한항공의 윤태성 회장이 쓰러졌다는 소식이 전해졌습니다. 보고 계신 영상은 당시의 상황을 촬영한 제보자가 저희 TNN 채널에 제보해 주신 영상입니다.

당시 윤태성 회장은 최근 배우자와의 거듭된 불화로 이혼한 딸 윤소정씨의 출국을 배웅하려다 공항로비에서 전 사위인 동신그룹의 박영진 기획조정실장과 우연히 마주쳐 말다툼을 벌이다 충격을 받고 쓰러졌습니다. 당시의 상황을 목격한 분들의 말로는 윤태성 회장이 쓰러질 때 바닥에 머리를 심하게 충격 받아 상당히 다급했던 상황이었다고 전했습니다.

다행히 출국을 위해 근처에 머물던 두 명의 의사 분들의 도움을 받아 응급조치를 취하고 있긴 하지만 현재 윤태성 회장의 근황을 장담하지 못할 정도로 위중한 상황으로 보입니다.]

공항에서 윤태성 회장의 상황을 전하는 기자의 목소리가 떨릴 정도로 상당히 충격적인 내용이었다.

안여진의 얼굴색이 하얗게 변했다.

그제야 박영진 실장이 다시 회사로 돌아온 이후 보인 모습이 이해가 되었다.

한편 텔레비전을 보고 있던 정인학 대리의 눈이 껌벅이고 있었다.

그의 눈에 비친 것은 쓰러진 윤태성 회장을 살펴보고 있는 한 명의 아름다운 여인이었다.

"저, 저건……."

박영진이 집요할 정도로 집착하고 있는 한서영이 분명했다.

하긴 한서영처럼 단번에 눈에 띌 정도의 아름다운 미모라면 아무리 텔레비전의 화면이 이상하게 비쳐도 못 알아보는 것이 이상할 것이다.

그때 안여진이 다급한 태도로 자리에서 일어서며 빠르게 닫힌 박영진의 방문 앞으로 걸어갔다.

똑똑.

가볍게 노크를 한 이후 박영진의 허락도 듣지 않고 그대로 문을 열었다.

박영진은 굳은 표정으로 팔짱을 낀 채 한강변을 바라보고 있다가 안여진이 방으로 들어서자 머리를 돌렸다.

"무슨 일입니까?"

박영진은 안여진이 자신의 허락도 없는 상황에서 문을 열고 들어왔다는 것은 회장실에서 내려온 긴급지시나 자신이 당장 알아야 할 중요한 소식이 있다는 것임을 알고 있었다.

박영진의 물음에 안여진이 급하게 입을 열었다.

"지금 당장 실장님께서 보셔야 할 것이 있습니다."

"그게 뭡니까?"

박영진이 무표정한 얼굴로 물었다.

안여진이 박영진의 집무실 테이블 위에 올려놓은 리모컨을 집어 들고 버튼을 눌렀다.

채널을 TNN에 맞추고 볼륨을 살짝 올렸다.

순간 부속실에서도 보고 있는 텔레비전의 뉴스가 흘러나왔다.

여전히 윤태성 회장의 상황을 알리는 속보가 뉴스에 흘러나오고 있었다.

박영진의 눈이 껌벅였다.

윤태성 회장이 깨어난 후 박영진은 보안구역의 회의실 밖에서 대기하고 있던 대한항공의 직원들과 공항의료팀의 의료진들은 안으로 들어갔다.

그렇지만 자신은 절대로 들어오지 못하게 하는 전처 윤수정의 차갑고 냉정한 모습을 보고 그대로 다시 회사로 돌아온 박영진이었다.

자신과 다투다가 쓰러진 윤태성 회장이었기에 회복한 것만은 살펴보고 싶었다.

하지만 윤소정의 얼음장 같은 반응에 아예 안으로 들어설 엄두가 나지 않았다.

그 때문에 윤태성 회장이 김동하와 한서영의 도움으로 다시 살아났다는 것을 알지도 못하고 있었다.

공항에서 벌어진 다소 당황스러운 해프닝일 정도라고만 생각했던 그는 현재 윤태성 회장의 근황이 속보로 전해질 정도로 큰 뉴스라고는 짐작조차 하지 못했다.

텔레비전에서 흘러나오는 뉴스를 지켜보는 박영진의 얼굴이 점점 딱딱하게 변해가고 있었다.

아무 말도 할 수가 없었고 무슨 말도 들리지 않았다.

다만 초점을 잃은 듯한 그의 시선이 텔레비전의 화면에 멈추어져 있을 뿐이었다.

그런 그의 시선이 잠시 흔들렸다.

그의 눈에 윤태성 회장을 돌보는 김동하와 한서영의 모습이 잠시 텔레비전의 화면에 비쳤기 때문이었다.

안여진이 입을 열었다.

"아시고 계셔야 할 것 같아서 실장님의 허락도 없이 들어왔습니다. 그럼."

뉴스채널을 틀어놓은 안여진이 이내 머리를 살짝 숙이고 방을 나섰다.

윤태성 회장의 현 상황이 뉴스에서 언급될 정도라면 반드시 할아버지인 박강희 회장으로부터 박영진에게 질책이 내려올 것은 당연했다.

안여진은 박영진이 알지 못하고 있는 상황에서 당하는 것보다 지금처럼 모든 것을 알고 있는 상황에서 질책을 받는 것이 도움이 된다고 판단했다.

안여진이 방을 나갔지만 박영진은 시선을 돌리지 못하고 텔레비전의 화면을 바라보았다.

이제 화면에는 전처인 윤소정이 눈물을 흘리며 울고 있는 모습이 비쳤다.

자신을 향해 지금까지 살아오면서 단 한 번도 보이지 않앉던 차갑고 표독한 시선을 보내던 여인이 바로 전처 윤소정이었다.

그때였다.

삐리리리리릭—

박영진의 책상 위에 올려놓은 전화기가 울렸다.

회장실에서 걸려온 직통전화가 분명했다.

텔레비전을 바라보던 박영진의 시선이 힘없이 자신의 책상 위에서 울리고 있는 전화기로 옮겨졌다.

그로서는 당장 지금 어떻게 해야 할 것인지 전혀 판단이 서지 않았다.

32년이라는 세월을 살아오면서 지금 이 순간이 박영진은 그 어떤 상황보다 곤혹스럽고 난처했다.

그 생각에 박영진은 자신도 모르게 피식 웃었다.

박영진의 눈빛이 흔들리고 있었다.

지금까지 쌓아온 동신그룹의 얼음황태자라는 이미지가 천천히 허물어지는 느낌이었다.

박영진이 힘없이 전화기를 집어 들었다.

"여보세요."

박영진의 말이 끝나기도 전에 화통 같은 노인의 고함소리가 전화기를 통해 들려왔다.

—당장 회장실로 튀어와! 이놈의 자식아!

자신을 향해서는 잘 화도 내지 않았던 할아버지 박강희

회장의 호통소리였다.

박영진이 낮은 목소리로 대답했다.

"알겠습니다."

철커덕.

전화기를 통해 마치 전화기가 부서질 듯이 거칠게 내려놓는 소리가 들려왔다. 힘없이 전화기를 내려놓는 박영진의 입에서 낮은 한숨소리가 흘러나왔다.

초가을의 햇살이 창밖에서 따갑게 쏟아지고 있는 오후의 풍경이었지만 박영진에게는 어떤 것도 눈 속으로 들어오지 않았다.

박영진이 힐끗 창밖의 하늘을 바라보았다.

어쩌면 전처인 윤소정이나 자신이 집착하고 있는 한서영은 바라보기만 해도 질투심이 끓어오르는 잘생긴 남자와 함께 지금쯤 한국이 아닌 먼 바다 위를 날고 있을 것이라는 생각이 들었다.

박영진이 나직하게 중얼거렸다.

"아무리 그래도 나는 절대로 한서영씨 당신을 포기하지 않을 거요."

머리를 돌리는 박영진의 눈에 다시 텔레비전의 화면에서 윤태성 회장을 살펴보고 있는 한서영과 김동하의 모습이 촬영된 영상이 비쳐졌다.

박영진의 얼굴이 다시 굳어지고 있었다.

* * *

"엄마! 저 사람이야."

"맞아요. 저 남자가 분명해요."

두 명의 사내가 놀란 얼굴로 텔레비전의 화면을 바라보았다. 아들 송영철의 고함소리에 주방에서 음료수를 준비하고 있던 박진주가 놀란 얼굴로 거실로 나왔다.

"뭐라는 거니?"

박진주는 하얗게 질린 얼굴로 대형 텔레비전의 화면을 손으로 가리키고 있는 아들을 바라보았다.

송영철의 옆에서 같이 텔레비전을 보고 있던 김종현 역시 딱딱하게 굳은 얼굴로 텔레비전의 화면에서 시선을 떼지 못하고 있었다. 같이 주방에서 위층으로 올려 보낼 음료수를 준비하고 있던 김종현의 모친 성은혜도 굳은 얼굴로 거실로 나왔다.

"뭔데 애들이 이래요?"

중국에서 건너온 염백천과 염소하를 비롯해 청지림의 손님들을 대접하기 위해서 박진주와 성은혜는 서로의 남편과 협의해 염백천의 일행이 송태현 사장의 집에 머무는 동안 서로 협력해서 시중을 들기로 했다.

가정부의 도움이 없이 오로지 두 부인이 직접 시중을 들

어야 할 것이라는 남편들의 당부로 인해 직접 시중을 들고 있는 중이었다.

다행히 염백천과 염소하를 비롯해 청지림의 손님들은 별다른 용무 없이는 아래층으로 잘 내려오지 않았다.

때문에 손님이 머물고 있다고 해도 그다지 거북한 것이 없다는 점이 두 여인을 편하게 만들어 주었다.

오후에 위층으로 올려줄 음료를 준비하던 두 여인의 귀에 다급하게 거실에서 들리는 아들의 고함소리는 두 여인을 놀라게 하기에 충분했다.

송영철이 하얗게 질린 얼굴로 화면을 가리켰다.

"엄마! 저 남자 새끼가 나하고 종현이를 그렇게 만든 놈이야."

송영철은 김동하의 모습을 절대로 잊을 수가 없었다.

무심한 얼굴로 자신과 친구 김종현의 가슴을 손가락으로 누르자 너무나 한순간에 숨이 턱 막히던 지옥 같은 상황을 어떻게 잊을 수 있겠는가?

송영철의 말에 박진주가 눈을 껌벅였다.

"뭐라고?"

"저, 저 새끼… 저 새끼가 나하고 종현이를 그렇게 만든 놈이야."

송영철의 손이 부들부들 떨리고 있었다.

김종현 역시 덜덜 떨리는 손으로 화면에 비치고 있는 김동하를 가리키며 떨리는 목소리로 입을 열었다.

"저, 저놈이야. 엄마! 아빠한테 저놈 잡아야 한다고 말해."

김종현의 말에 성은혜가 멍한 시선으로 아들이 가리키는 텔레비전의 화면을 바라보았다.

화면 속에는 참으로 잘생긴 젊은 남자와 흔들리는 카메라의 속에서도 눈이 번쩍 뜨일 정도로 아름다운 젊은 여자가 바닥에 쓰러진 윤태성 회장을 살펴보는 모습이 비치고 있었다.

"저 젊은 남자를 말하는 거니?"

성은혜는 아들인 김종현이 마치 어린아이처럼 몸을 부들거리는 것을 보며 놀란 표정으로 다시 화면을 주시했다. 송영철과 김종현이 이구동성으로 마치 합창하듯 소리쳤다.

"예! 아줌마, 저 남자새끼가 우리를 그렇게 만든 놈입니다."

"맞아 엄마, 저놈이야. 저 새끼가 우릴 그렇게 만든 거라고. 그러니까 아빠한테 저놈 잡아야 한다고 말해."

두 사내에게 김동하의 모습은 마치 지옥의 나찰처럼 두렵고 무서운 존재로 비쳤다.

더구나 그날 이후 잘 기억이 나지 않았던 당시의 상황과 김동하와 한서영의 얼굴이 텔레비전에서 화면으로 비치

는 순간 마치 거짓말처럼 두 사람의 머릿속에서 생생하게 떠올랐다. 그들의 눈에 지금 비치고 있는 김동하의 모습은 당시의 상황을 다시 악몽처럼 재생하는 듯한 느낌까지 안겨주었다. 송영철의 어머니 박진주도 눈을 치켜뜨면서 화면을 바라보고 있었다.

어지간한 일이 아니었다면 자신의 아들들이 이런 식으로 격한 반응을 보이지 않을 것이다. 그런데 지금 송영철과 김종현은 귀신을 본 듯 몸까지 부르르 떨며 반응했다.

그때였다.

"저기… 지금 무슨 일인가요?"

아파트의 복층으로 오르는 계단 쪽에서 부드러운 여자의 음성이 들렸다.

박진주와 성은혜가 몸을 돌려 계단을 바라보았다. 계단의 아래쪽에 짧은 치마와 어깨까지 드러낸 얇은 블라우스를 걸친 긴 머리의 여자가 거실에서 벌어지고 있는 모습을 바라보고 있었다. 여자의 뒤쪽에는 양복차림의 노인이 약간 굳은 얼굴로 서 있었다.

그리고 노인의 뒤로 가방을 든 청지림의 수행원들과 그들이 편하게 외출하는 것을 돕기 위해 있던 한세병원의 수행원들이 놀란 모습으로 거실을 바라보고 있었다.

송태현 사장의 저택에서 편하게 지내던 염백천과 그의 손녀 염소하는 막 이층에서 내려오다 거실에서 들려오는 큰 소리에 놀란 듯 눈을 크게 치켜떴다.

두 사람은 외출을 하려는 것인지 평소의 옷과는 약간 다른 꽤 깔끔한 정장차림이었다.

염소하가 눈을 깜박이며 박진주와 성은혜를 바라보다가 이내 시선을 송영철과 김종현에게 돌렸다.

박진주가 급하게 몸을 돌리며 인사를 했다.

"아, 대인어른 그리고 소하 아가씨. 편히 쉬셨어요? 마침 이층으로 음료수를 올려 보내려던 참이었는데……."

박진주가 성은혜와 함께 주방에서 이층으로 올려 보낼 준비를 하고 있던 음료수를 힐끗 보았다.

염소하가 유창한 영어로 물었다.

"무슨 일이 있나요? 외출하려고 내려오다가 거실에서 갑자기 큰 소리가 들려서 할아버지께서 좀 놀라셨어요."

그때 김종현이 벌떡 일어서서 염소희를 바라보았다.

"소하 씨! 마침 잘 내려오셨어요. 전에 나하고 영철이가 소하 씨와 대인 할아버님께 말씀드렸던 놈이 바로 저놈이에요."

김종현은 용린활제라는 극악한 고통을 치료해준 사람이 중국에서 건너온 염백천과 염소하라는 것을 알게 된 후로 염백천과 염소하에게 참으로 깍듯하게 대했다.

특히 염백천의 손녀 염소하는 자신과 친구 송영철보다 나이도 그다지 많지 않고 또한 묘한 매력이 있었기에 각별

하게 친하게 지내고 있던 중이었다.

염소하 역시 김종현과 송영철이 자신과 비슷한 나이였기에 친구처럼 지내려고 작정하고 있었다. 하지만 염백천과 염소하가 부모님의 손님이었기에 함부로 말을 놓을 정도로 격을 터놓지는 못하고 있던 중이었다.

염소하가 눈을 깜박였다.

"전에 말했던 사람?"

염소하는 김종현이 다짜고짜 격한 분노의 표정을 지으며 누군가를 지칭하자 잠시 어리둥절한 표정이었다.

김종현이 이를 악물었다.

"나와 영철이를 그 고통으로 몰아넣은 놈 말입니다."

"아!"

염소하는 그제야 김종현이 가리키는 사람이 누군지 알 수가 있었다. 염소하의 뒤에서 김종현의 말을 듣고 있던 염백천의 눈이 번쩍 뜨였다.

"점혈로 저 친구들의 혈맥을 짚어서 그렇게 만들었다는 자를 말하는 것이냐?"

염백천의 말에 염소하가 머리를 돌렸다.

"그런가 봐요 할아버지."

"그래?"

순간 염백천의 눈이 번득였다.

자신으로서도 함부로 시전할 엄두가 나지 않았던 상승의

점혈수법을 중국도 아닌 한국에서 직접 보게 되었다는 것에 놀랐다. 더구나 그 점혈을 시전한 사람이 지금 텔레비전의 화면에 비치고 있으니 염백천은 자신도 모르게 긴장했다.

염백천과 염소하가 텔레비전이 있는 곳으로 걸음을 옮겼다. 텔레비전의 화면에는 여전히 속보라는 자막을 달고 대한항공의 윤태성 회장이 공항에서 쓰러진 뉴스제보자의 약간은 조잡한 영상이 연속적으로 반복되었다.

염백천의 얼굴은 돌처럼 굳어져 있었다.

자신이 치료했던 송영철과 김종현의 괴질증상(?)은 중국의 고대무협에서나 나올 법한 상승의 점혈수법이었는데, 그것을 시전한 실제 주인공이 너무나 어린 젊은 청년의 모습이었기에 더더욱 놀라고 있었다.

염소하의 눈도 커졌다.

그녀의 눈에 비친 김동하는 방년의 나이인 염소희가 놀랄 정도로 젊고 잘생긴 청년의 모습이었다.

더구나 그 청년의 옆에서 같이 환자를 보살피고 있는 여자를 보는 순간 염소하의 입술이 꾸욱 다물어졌다.

염소하는 평소에 자신에 대해서 상당한 자부심을 가지고 있었으나 엉뚱하게 묘한 패배감을 느꼈다. 그만큼 너무나 단아하고 아름다운 동양적인 미인이었다.

염백천과 염소하가 화면에 비치고 있는 김동하와 한서영

을 바라보는 느낌은 서로 달랐다. 염백천이 굳은 표정으로 김동하의 모습을 바라보다가 입을 열었다.

"저기 화면에 보이고 있는 젊은 친구가 지금 어디에 있는지 알아낼 수 있겠습니까?"

염백천은 단번에 김동하와 직접 대면을 하고 싶다는 충동을 느끼고 있었다. 박진주가 눈을 껌벅였다.

"바, 방송국에 연락을 해 보면……."

박진주가 말을 채 끝내기도 전에 성은혜가 끼어들었다.

"저희 애 아빠에게 말하면 알아낼 수 있을 거예요, 대인 어른. 아니 우리 애들을 그렇게 만들었다고 하는 장본인이 저 사람이니 애 아빠가 아예 잡아서 끌고 올수도 있을 거예요."

김대길 차장검사라면 방송국과 연락해서 김동하의 인적 사항을 알아내는 것은 어렵지 않을 것이라고 생각한 성은혜였다. 더구나 아들인 김종현을 죽음 직전의 빈사상태까지 밀어 넣은 장본인이라고 하니 남편은 그냥 두지 않고 반드시 잡아올 것이라고 생각했다.

아들에 대해서는 아둔할 정도로 맹목적인 부부였다.

그것은 송태현 사장 부부나 김대길 차장검사 부부가 공통적으로 같이 느끼는 감정이었다.

성은혜는 아들을 죽음 직전까지 밀어 놓았던 김동하를 절대로 그냥 놓아두고 싶은 심정이 아니었다.

남편에게 말해서 당장이라도 잡아 들여야 한다고 패악이라도 떨고 싶은 심정이었다.

염백천이 성은혜를 바라보며 입을 열었다.

"그전에 저와 저 젊은 남자가 잠시 대면을 했으면 좋겠습니다. 그 후 아우님의 뜻대로 하시면 될 것 같습니다."

염백천의 말에 성은혜가 잠시 눈을 깜박이다가 입을 열었다.

"대인어른의 뜻대로 하지요. 우선 애 아빠에게 저 사람이 뭐하는 사람인지 알아서 대인어른께 알려 드리라고 전하겠습니다."

"그럼 아우님께 부탁해서 저 친구가 지금 어디에 머물고 있는지 알아봐 주시겠습니까? 이왕이면 저 친구의 자세한 내력까지 알 수 있다면 더 좋을 것 같군요."

염백천은 김동하와 대면하여 그가 펼친 점혈수법을 어디서 익힌 것이며 그의 스승이 누구인지 반드시 캐내고 싶었다. 성은혜가 머리를 끄덕였다.

"어렵진 않을 겁니다. 대인어른."

"감사합니다."

그때였다.

송영철이 끼어들었다.

"대인할아버지. 저놈 굉장히 몸이 빠르고 힘도 센 놈이에요. 보통 놈이 아니니까 좀 조심하셔야 할 겁니다."

송영철의 말에 김종현도 거들었다.

"영철이 말이 맞습니다. 마치 무슨 무술 같은 것을 익힌 것 같았습니다."

송영철과 김종현은 자신이 용린활제의 금제를 당할 때 김동하가 보여준 신기한 움직임을 머릿속에 떠올리고 있었다. 염소하가 살짝 이마를 찌푸렸다.

"무술을 익혔다고요?"

김종현이 대답했다.

"그래요 소하 씨. 그때 나하고 영철이가 순식간에 저 자식한테 제압을 당했거든요. 나랑 영철이도 어디 가서 맥없이 당할 정도는 아니었는데 어떻게 저 자식한테는 반항 한 번 하지 못하고 당했어요."

김종현이 다시 당시의 상황을 떠올리는 듯 몸까지 부르르 떨었다. 당장이라도 할 수만 있다면 김동하를 이곳으로 끌고 와 자신들이 당한 것의 수백 배 정도는 보복을 해주고 싶은 심정이었다. 염백천이 잠시 눈살을 찌푸리다가 힐끗 뒤를 돌아보았다.

"너희들 눈에는 어떠냐?"

가방을 들고 서 있던 청지림의 수행원들에게 묻는 것이었다. 청지림의 수행원 중 수좌의 자리를 차지하고 있는 목건위가 화면을 바라보다 입을 열었다.

"몸의 상태로 보아 제법 외공을 단련한 듯한 모습이 보이지만 어려운 상대는 아닌 것 같습니다 대인어른."

단순하게 텔레비전에서 비치는 모습으로 김동하의 수준을 짐작하는 목건위였다.

염백천이 머리를 끄덕였다.

"그렇군."

자신의 짐작과 다르지 않은 제자의 판단에 만족해하는 염백천이었다. 윤태성 회장을 안아든 채 일어서는 모습과 윤태성 회장을 안고 걸음을 옮기는 뒷모습을 보고 김종하의 지금 수준을 판단하는 것은 어렵지 않은 일이었다.

염백천이 목건위를 바라보며 입을 열었다.

"아우님이 방송국을 통해서 저 젊은 친구의 내역을 알려오면 너희 세 명이 직접 가서 저자를 나에게 데려오너라."

한국에 와서 처음으로 청지림의 제자들에게 지시를 내리는 염백천이었다. 그때였다.

"저도 갈 게요 할아버지."

염소하가 끼어들었다.

엽백천이 염소희를 바라보며 살짝 이마를 찌푸렸다.

"너도 간다는 말이냐?"

염소하가 살짝 웃었다.

"저 사람에게 궁금한 것이 생겼어요. 그리고 저 사람의 수준이 실제로 어느 정도인지 꼭 알아보고 싶어졌어요."

염소하는 천성적으로 여자답지 않게 호승심이 강한 여인

이었다. 청지림에서도 할아버지인 염백천을 제외하고는 염소하를 이길 사람이 별로 없을 정도로 실력이 강했고 또한 스스로에 대한 자부심이 강했다.

그런 염소하가 김동하의 얼굴을 보는 순간 단번에 김동하와 직접 대면해보고 싶다는 욕심이 생긴 것이다.

더구나 옆에서 윤태성 회장의 상태를 살펴보는 한서영을 보는 순간 두 사람을 꼭 만나보고 싶다는 욕심이 생겨났다. 목건위가 끼어들었다.

"소하 아가씨께서 직접 나서실 필요는 없습니다. 저와 무연과 하명이라면 충분히 저자를 대인어른과 아가씨의 앞으로 데려올 수 있을 것입니다."

염소하가 머리를 흔들었다.

"그것과는 별개의 일이에요. 내 눈으로 직접 저 사람의 수준을 알아보고 싶어요."

염소하가 전혀 물러설 기미가 아니었다.

염백천이 혀를 찼다.

"쯧, 여자아이가 날이 갈수록 호승심이 커지니 평범하게 살기는 힘들겠구나."

염소하가 웃었다.

"이곳 한국에 청지림의 지부가 생겨나면 제가 직접 경영을 해야 할 것이니 그전에 좀 준비를 해 놓고 싶은 것이 있어요. 할아버지."

염소하가 염백천에게 하는 말은 중국어였기에 청지림과 한세병원의 직원들 외에는 알아들을 수가 없었다.

염백천이 입술을 꾸욱 다물었다.

청지림이 한국으로 진출하게 되면 손녀 염소하의 말처럼 청지림은 사해방이 그토록 원하던 알토란 같은 한국에서의 우선권을 가지게 된다. 그리고 그것을 경영하는 것은 자신이 아닌 염소하가 될 것은 당연했다.

자신은 중국의 사해방 총단의 실권자로 단번에 서열 2위의 지위까지 오를 것이었고 청지림의 본단을 다스려야 했다. 염백천이 염소하를 보며 물었다.

"정녕 그것까지 염두에 둔 것이었느냐?"

"물론이에요. 그리고 흥미가 있는 부분도 생겼고요."

염소하가 생긋 웃으며 텔레비전의 화면으로 시선을 던졌다. 그녀의 눈에 비치는 것은 긴 머리를 찰랑이며 윤태성 회장을 안고 걸음을 옮기는 김동하의 뒤를 따르고 있는 한서영의 뒷모습이었다.

염백천이 할 수 없다는 듯이 머리를 끄덕였다.

"네 고집을 할애비가 어찌 꺾겠느냐? 다만 시끄러운 일은 만들지 말아야 할 것이다 알겠니? 행여 한국에서 번거로운 일이 생긴다면 우리 계획도 어긋나게 될 지도 모르니 그것을 꼭 염두에 두어야 할 것이다."

염소하가 머리를 끄덕였.

"물론이에요. 저기 두 멍청이들이 저를 도울 거예요."

염백천과 염소하는 중국어로 대화를 하고 있었기에 송영철과 김종현은 염소하가 무슨 말을 하는지 전혀 알아들을 수가 없었다.

그저 송영철과 김종현은 염백천과 대화를 하던 염소하가 자신들에게 시선을 던지자 이를 드러내며 웃었다.

염소하가 마치 자신들을 대신해서 김동하에게 복수를 해준다는 의미로 보였기 때문이었다.

염백천의 눈이 번득였다.

"저 아이들을 이용한다고?"

"그래요. 저 멍청이들의 부모를 이용한다면 이곳 한국에서도 쉽게 터를 잡을 수 있을 것이니 이용하려면 최대한 이용해야 하지 않겠어요?"

"그렇군."

염백천은 손녀 염소하의 계책에 속으로 탄성을 터트리고 있었다.

자신에게 의형제를 제의한 송태현 사장과 김대길 차장검사까지 사해방의 한국진출의 발판으로 삼으려는 손녀의 묘계는 사악할 정도로 치밀하다는 생각이 들었다.

그것도 모자라 멍청해 보이는 의동생의 두 아들까지 이용할 것이라는 손녀 염소하의 계획에는 손녀가 적이 아닌 아군이라는 것에 다행이라는 생각까지 들 정도였다.

두 사람을 멍한 시선으로 바라보고 있던 박진주와 성은 혜 그리고 김종현과 송영철이 신기하게 들리는 중국어 대화 장면을 보며 눈을 깜박였다.

염소하가 머리를 돌려 송영철과 김종현을 바라보았다.

"영철씨, 종현씨."

염소하의 부름에 송영철과 김종현이 눈을 동그랗게 떴 다.

같은 또래이니 친하게 지내자는 말로 말은 텄지만 지금 까지 자신들에게 이렇게 다정하게 염소하가 이름을 불러 준 적은 없었다.

"예! 소하 씨."

"예!"

긴 머리칼에 묘한 매력을 지닌 염소하가 자신들을 부드 러운 표정으로 바라보며 부르자 두 사람이 당황했다.

염소하가 입을 열었다.

"저 사람을 만나기 전에 두 분이 저를 좀 도와주셔야 할 것 같네요."

생각지도 않았던 염소하의 부탁에 송영철과 김종현이 입 을 벌렸다.

"얼마든지 돕겠습니다."

"예. 무슨 일이든 소하 씨가 도와 달라면 도와 드려야지 요."

이미 염소하가 가지고 있는 기묘한 매력에 흠뻑 빠져 있는 두 사내였다.

그런 두 아들의 모습을 바라보고 있는 박진주와 성은혜의 미간에 살짝 주름이 파였다.

다 큰 성인의 몸을 가진 아들이었지만 머릿속은 마치 사춘기 철부지 어린아이 같이 철이 들지 않았다는 생각이 들었다.

자식이지만 이렇게 예쁜 여자들만 보면 정신을 차리지 못하는 자식들이 한심해 보였다.

박진주와 성은혜의 입에서 작게 한숨이 흘러나왔다.

염백천 대인이나 염소하 아가씨가 옆에 없었다면 면박을 주었을 정도로 한심한 두 사내의 모습이 절로 한숨이 흘러나오게 만들었다.

두 여인이 아들들에게서 시선을 외면했다.

차라리 이렇게 민망한 꼴은 보지 않는 것이 좋겠다는 생각이 들었기 때문이었다.

두 사람이 허락을 하자 염소하가 생긋 웃었다.

"그럼 두 분도 저랑 같이 저 사람을 만나러 같이 가요."

염소하의 말에 송영철과 김종현이 눈을 껌벅이며 염소하의 얼굴을 바라보았다.

염소하의 얇지만 촉촉한 입술에 의미를 알 수 없는 묘한 미소가 떠오르고 있었다.

그런 모습을 염백천이 담담한 시선으로 바라보고 있었다.

그때 한쪽에 서 있던 한세병원의 직원이 염백천을 보며 입을 열었다.

"대인! 병원으로 출발하실 시간입니다."

한세병원 직원의 말에 염백천이 눈을 껌벅였다.

"그렇군. 잠시 잊고 있었네."

오늘 이만우 원장의 초대로 오후에 한세병원을 방문하기로 약속해 놓았다는 것을 잠시 잊고 있었던 염백천이었다.

염백천이 박진주와 성은혜를 향해 두 손을 모아 앞으로 내밀었다.

포권의 자세였다.

"두 분 제수님들에게 손녀와 제가 함께 잠시 외출을 해야 할 것 같아 양해를 구합니다."

염백천의 인사에 박진주와 성은혜가 당황했다.

"아, 아니에요. 다녀오세요, 대인어른."

송태현 사장의 집에 기거하고 있지만 외출까지 통제받는 것은 아니었기에 얼마든지 나갈 수가 있었다.

그리고 염백천과 염소하 일행이 이곳에 머물면서 처음으로 외출을 하는 것이기에 간섭할 상황도 아니었다.

염소하도 박진주와 성은혜를 보며 입을 열었다.

"한세병원의 이원장님께서 할아버지에게 잠시 도움을 청하는 일이 있어 다녀올 일이 생겼습니다. 번거롭게 해드

려 미안합니다. 아주머니."

박진주가 머리를 흔들었다.

"아니에요. 소하 아가씨. 아무 염려 마시고 그냥 다녀오
시면 됩니다."

"고마워요."

염소하가 생긋 웃었다.

머리를 돌린 염소하가 다시 송영철과 김종현을 보며 입
을 열었다.

"나중에 돌아오면 어제 끝내지 못했던 카드놀이나 마저 해
요. 오늘은 어제처럼 잃어도 돌려주지 않을 거예요 호호."

염소하의 말에 송영철과 김종현이 웃으면서 대답했다.

"얼마든지요. 맥주 잔뜩 사놓고 기다리겠습니다. 소하
씨."

"호호 그래요."

어제 밤늦게까지 이층의 거실에서 카드게임을 하며 놀았
던 기억이 고스란히 남아 있는 송영철과 김종현은 오늘도
어제처럼 신나게 놀 생각에 벌써부터 신이 난 얼굴이었다.
둘의 어머니인 박진주와 성은혜가 어른의 몸을 가진 철부
지 어린아이와 같은 두 사내의 모습에 또다시 한숨을 흘려
냈다. 두 사내의 어머니들은 민망한 듯 머리를 한쪽으로
돌렸다.

조선남자

朝鮮男子

-천능의 주인-

악연의 굴레

툭.

딸그락—

하얀색의 도자기 녹차 잔을 젓고 있던 은빛의 차수저가 좌탁의 위쪽으로 떨어지며 맑은 유리소리를 울렸다.

부산 중구 중앙동에 위치한 주식회사 부영물산의 22층 회장실의 안이었다. 햇살이 창으로 깔려들고 있는 한가로운 오후였다. 근래 부산에서 새로운 신흥기업으로 주목을 받고 있는 부흥물산은 부산도처에 상당수의 계열사를 거느린 그룹체계로 확대되고 있는 곳이었다.

일부 부흥의 직원들 사이에서는 중앙동에 위치한 본사가

서울로 이전하고 새로 인수한 삼진기계와 태흥전자를 시작으로 본격적인 그룹체계로 출범할 것이라는 플랜이 가동되었다고 자랑삼아 떠들어대기도 했다.

그도 그럴 것이 부흥이라는 신규업체가 단숨에 부산을 비롯한 경남 일대의 나름 지명도가 높은 기업들을 차례로 인수하고 사세를 확장시켜 나가는 상황이 벌어졌다.

그제야 뒤늦게 부흥의 실체를 알아차린 대기업들이 긴장하고 있었다. 일설에는 이미 부흥물산을 모태로 부흥그룹이 서울에 본사를 두고 출범할 것이라는 것이 이미 확정되었다고 알려졌다. 부산을 비롯한 경남 쪽의 언론들도 부흥의 예사롭지 않은 움직임에 연일 기사를 쏟아내고 있는 중이었다. 부흥의 경영자가 누군지 외부에 알려지지 않았지만 부흥의 숨은 경영자가 전문경영인을 선임하여 공격적 경영으로 부흥의 사세를 확장시키고 있다고도 했다. 그런 부흥물산의 중앙동 본사사옥은 외부에서 보는 시선을 의식한 듯 분주하게 움직이고 있었다.

오후 3시.

초가을이라고 하지만 대한민국의 남쪽에 위치한 부산답게 늦더위가 느껴지는 날씨였다. 거리를 지나는 사람들은 가로수가 만들어 주는 그늘 아래로 다니면서 여름이 지나도 변하지 않는 더위에 진저리를 냈다. 그런 부산의 중앙

동에 위치한 부영물산의 22층에 위치한 회장실은 외부의 더위를 차단하려는 듯이 창문은 꼭 닫혀 있었으나 흔한 에어컨도 켜지 않아 무척이나 후덥지근했다.

부영물산의 회장실은 다른 그룹의 회장실과는 조금 다른 이색적인 모습이다. 일반 사무용으로 사용하는 마호가니 책상이 아닌 마치 문방에서 서예가들이 사용할 것 같은 앉은뱅이 좌탁이 놓여 있었고 바닥에는 푹신한 보료가 깔려 있었다. 좌탁 위에는 외부와 연락할 전화조차 없는 그야말로 조선시대의 조용한 암자와 같은 느낌을 주는 방안이었다. 좌탁의 뒤쪽으로 능숙하게 휘갈겨 쓴 궁서체의 한자가 가득 적힌 병풍이 둘러져 있고 좌탁의 앞쪽으로는 대나무로 만들어진 주렴과 같은 발이 내려와 있었다.

방안의 모습은 단출했다. 다만 입구 쪽에 손님용으로 보이는 소파와 테이블이 놓여 있고 반대편 벽의 한쪽에는 삼단으로 제작된 검대와 같은 것이 놓여 있었다. 검대의 위쪽에는 한눈에 보아도 범상치 않을 것 같은 고풍스런 검이 검갑에 담긴 채 있고 그 아래쪽에 단단한 목검 두 개가 걸려 있었다. 검대를 받치고 있는 것은 검은색의 상감과 자개로 만들어진 가구였다.

근래에 와서 대한민국의 재계를 긴장하게 만들고 있는 부영물산의 회장실치고는 무척 검소하고 단출했다.

주렴의 안쪽 막 찻잔을 젓고 있던 강퍅해 보이는 손에서

은색의 차수저가 좌탁의 유리 위로 떨어졌다.

에어컨을 켜지도 않아서 무척이나 덥게 느껴지는 회장실의 좌탁 앞에는 도포처럼 온몸을 가릴 정도로 긴 롱코트를 입은 사내가 앉아서 굳어진 얼굴로 무언가를 바라보고 있었다.

해진. 바로 김동하의 둘째 사숙이자 김동하의 천명을 노리고 해체된 천공불진을 다시 열어 이곳까지 따라온 해진이었다. 그가 부산과 경남 쪽에서 충격적인 돌풍을 일으키고 있는 부영물산의 회장이라는 것은 부영의 고위간부들 외에는 아무도 모르고 있었다. 언론에 나서지도 않고 외부에 자신의 존재를 증명한 적도 없는 사람이 바로 해진이었다.

해진, 본명은 천종모이며 현재 부영상사의 사장인 천권휘의 아버지였다. 해진과 그의 아들 권휘를 알고 있는 사람은 해진을 살귀라고 부르고 그의 아들 권휘는 마귀라고 부를 정도로 잔악하고 무서운 존재들이었다. 그런 해진이 한가할 때 유일하게 즐겨 마시는 것이 한국에서 생산되어 시판하는 녹차라는 사실을 아는 사람은 그의 측근 몇 명뿐이었다.

해진이 무언가를 보고 경악한 얼굴로 가늘게 손을 떨고 있었다. 해진의 책상인 좌탁 위에는 그다지 크지 않은 모니터가 놓여 있었다. 지금 모니터에는 얼마 전 인천공항에

서 벌어진 대한항공의 윤태성 회장이 전 사위와의 다툼 중에 쓰러진 장면이 비치고 있었다.

해진은 녹차를 젓는 것도 잊은 듯 치켜뜬 두 눈으로 화면을 응시하고 있었다.

"흐흐 쇠신이 닳도록 찾아다녔는데 넌 정작 그곳에 있었더냐?"

낮은 목소리였지만 행여 듣는 사람이 있었다면 소름이 돋을 정도로 차갑고 음침한 느낌이었다.

해진의 눈에 비치는 것은 그토록 찾아다녔던 사질인 김동하의 모습이었다. 해진은 눈은 웃지 않고 있었지만 입술은 웃는 기묘한 표정을 지었다.

해진의 눈이 번득였다.

"크크큭 사형! 사형이 목숨을 걸고 천공불진을 열어 떠나보냈던 제자 놈이 드디어 내 눈앞에 모습을 드러냈소. 크크 역시 천능의 주인은 이 사제 해진의 몫이라는 하늘의 안배 같지 않소?"

해진은 김동하의 모습을 보는 순간 그토록 찾았던 사질이라는 것을 단번에 알아보았다. 그때였다.

똑똑.

회장실의 문 쪽에서 노크소리가 들리며 약간은 다급한 듯한 굵은 남자의 목소리가 들렸다.

"접니다. 들어가겠습니다."

해진의 아들인 권휘의 목소리였다. 부영의 회장실을 마음대로 드나들 수 있는 사람은 부영물산의 전문경영인 양회덕 사장과 해진의 아들인 권휘뿐이었다.

다른 사람은 양회덕 사장을 통해 해진에게 면담을 요청해야 겨우 회장실의 모습을 구경할 수 있을 정도였다.

그 때문에 부영의 회장실 앞쪽은 부영물산의 양회덕 사장의 집무실이 같이 붙어 있었고 그 입구 쪽에 양회덕 사장의 비서진들과 부속실 직원들이 근무하고 있었다.

즉 해진을 보기 위해서는 수십 명의 부속실 직원들과 양회덕 사장의 비서진들을 거쳐야 가능했다.

그런 해진의 방이 열렸다.

딸칵.

문이 열리고 약간 굳은 표정의 권휘가 안으로 들어섰다. 방으로 들어선 권휘가 주렴 안쪽에 앉아 있는 아버지 해진의 기척을 살피려는 듯이 나직하게 불렀다.

"아버지!"

"왔느냐?"

해진의 입에서 담담한 목소리가 흘러나왔다. 아버지가 자신이 들어온 것을 알게 되자 권휘가 거침없이 다가왔다. 이내 주렴이 걷혀졌다. 주렴이 걷히자 약간 창백하고 여윈 얼굴의 해진의 모습이 드러났다.

얼핏 보면 권휘와 그렇게 나이 차이가 많이 나지 않은 모

습으로 보이지만 이미 70살이 넘은 노인이라는 것을 해진
과 권휘만이 알고 있었다. 권휘는 아버지 해진이 모니터를
보고 있다는 것을 눈치채고 입을 열었다.

"아버지도 보셨습니까?"

아들의 말에 해진이 차갑게 웃었다.

"동하 말이냐?"

해진의 입에서 동하라는 이름이 흘러나오자 권휘가 어금
니를 깨물었다.

"결국 찾으셨습니다. 아버지."

해진이 웃었다.

"천공불진의 벽이 열어준 공간속의 시간이 달랐을 뿐,
그놈이 내 눈앞에 반드시 나타날 것이라고 믿었다. 그리고
결국⋯⋯."

해진이 다시 모니터를 바라보았다.

모니터 속의 김동하가 한서영과 함께 윤태성 회장을 안
고 어디론가 걸음을 옮기는 장면이 비치고 있었다.

"이렇게 내 앞에 나타나게 된 거지."

권휘가 표정을 굳힌 채 물었다.

"어떻게 하실 생각이십니까?"

권휘는 당장이라도 서울로 올라가서 김동하를 만나 그의
몸속에 숨겨진 천명을 탈취하고 싶었다.

해진이 머리를 흔들었다.

"서둘 것 없다. 그놈은 사형을 닮아 잔꾀가 많은 놈이니 섣불리 움직였다간 또다시 종적을 숨기려 할 것이다. 천천히 그놈이 도망갈 구멍을 막은 후에 건드려도 될 것이다."

"그럼……."

권휘가 약간 아쉬운 듯 눈을 껌벅였다.

해진이 빙긋 웃었다.

"양 사장에게 부영의 본사를 서울로 옮기는 것을 더 이상 미루지 말라고 전하거라."

"알겠습니다."

"부영이 서울에 터를 잡는다면 그놈을 만나는 것이 더 쉬워지겠지. 그리고 우리가 그놈에게 가는 것이 아니라 그놈이 제 발로 내 앞에 나타나게 만들 것이다."

해진의 말에 권휘가 눈을 부릅떴다.

"그놈이 아버지 앞에 스스로 모습을 드러내겠습니까? 천명을 지키기 위해서 부모와 형제까지 버리고 천공불진을 열었던 놈이지 않습니까?"

권휘의 눈이 번들거리고 있었다. 해진이 차갑게 웃으며 눈앞에 보이는 모니터를 손으로 가리켰다.

"너무나 좋은 미끼가 있지 않느냐?"

해진이 손으로 가리킨 것은 김동하를 따라 걸음을 옮기고 있는 한서영이었다. 권휘의 눈이 번쩍 치켜떠졌다.

"저 여자를……."

해진이 권휘를 바라보며 웃었다.

"여기에 보이는 영상만으로 현기의 재능을 감추고 있다는 것이 느껴질 정도로 총명한 여인이다. 아비의 생각으로는 네 배필로 적격이라는 느낌이 드는구나."

권휘의 눈이 반짝였다. 그로서는 이곳에서 단 한 번도 자신의 배필을 만든다는 생각을 해 본 적이 없었다. 그에게 여인은 남자로서 배설의 도구 그 이상도 이하도 아니었다. 그런데 아버지 해진이 김동하와 함께 모습을 드러낸 여인을 자신의 배필로 점찍고 있다는 것이 의외였다.

하지만 아버지의 혜안을 무시하지 못한다는 것을 권휘는 너무나 잘 알고 있었다. 권휘가 입을 열었다.

"아버지가 보신 그 여인에게 어떤 현기가 숨겨진 것인지 알아보도록 하지요."

해진이 머리를 끄덕였다.

"사람을 시켜 동하의 행적을 추적해 보거라."

"예!"

"눈치가 빠른 놈이니 섣불리 가깝게 접근하지 말고, 행여 동하에게 행적이 드러나게 된다면 꼬리를 반드시 끊어야 한다는 것도 명심하라 전해야 할 것이다."

"알겠습니다."

아들 권휘의 대답을 들은 해진이 입꼬리를 올리며 비릿한 미소를 머금었다.

"크큭… 그토록 찾아 헤매었던 놈을 엉뚱하게 이런 식으로 보게 될 줄은 몰랐구나."

해진은 김동하를 만나기만 하면 언제든 김동하의 몸에 감추어져 있는 천명의 권능을 자신의 것으로 만들 수 있을 것이라고 여겼다. 예전부터 자신을 대할 때면 이유 없이 거북해하고 두려워하던 김동하였기에 지금도 마찬가지라고 생각했다. 그러니 김동하가 지금이라도 자신을 만나게 되면 마치 고양이를 만난 쥐새끼처럼 도망갈 생각도 하지 못하고 두려움에 떨 것이라고 자신했다.

그런 해진의 얼굴을 보며 권휘가 머리를 갸웃했다.

"그런데 저 천한 어린놈의 얼굴이 좀 이상하지 않습니까?"

권휘는 김동하의 아버지 김정선이 종3품의 어의가 되기 전의 신분을 알고 있었기에 천한 놈이라고 칭한 것이다. 어의가 되어 종3품의 품계에 오르면 천민이라 해도 면천이 되어 양반의 반열에 오를 수 있지만 권휘는 그것을 인정하지 않았다. 해진이 권휘를 돌아보았다.

"무슨 말이냐?"

권휘가 해진의 좌탁 위에 놓인 모니터의 화면을 보며 입을 열었다.

"아버님과 저는 천공불진을 빠져나온 뒤에 적어도 십 년 이상의 세월을 넘은 모습이었지만 저놈은 그렇지 않습니

138

다. 당시의 얼굴 그대로이지 않습니까?"

해진과 해진의 아들 권휘는 김동하를 따라 천공불진을 열고 이곳에 도착해서 자신의 모습을 확인해 본 결과 천공불진을 열기 전보다 10년 정도는 더 나이를 먹은 모습으로 변해 있었다. 권휘의 말에 해진이 약간 굳어진 시선으로 다시 화면에 보이는 김동하의 얼굴을 살펴보았다.

아들의 말대로 김동하의 얼굴은 해원사형과 해인사제와 더불어 인왕산의 도깨비소에서 천공불진을 열기 전과 크게 달라지지 않았다.

"흠."

"혹시 저것도 그 천명이라는 것의 효능일까요?"

권휘의 눈에 묘한 탐욕이 이글거렸다.

만약 저것이 천명의 효능 덕이라면 자신과 아버지는 영원히 불사불로의 모습으로 영생을 할 수 있을 거라는 생각이 들었기 때문이다. 해진이 눈을 가늘게 떴다.

"어쩌면 그럴지도 모르겠구나."

해진도 그것이 사실이라면 권휘가 생각했던 불로불사의 영생을 할 수도 있을 것이라는 생각이 들었다.

해진이 이를 악물었다.

"저 천한 놈의 몸에서 반드시 천명의 권능을 끌어내어 내 것으로 만들어야 한다."

해진의 눈에서 시퍼런 귀광이 흘렀다. 그것은 탐욕이었

고 어떤 대가를 치르더라도 반드시 자신의 것으로 만들어야 할 집착이었다.

권휘가 빨간 혀를 내밀어 입술을 핥았다.

"분수에 넘치는 것을 가지게 되면 어떤 대가를 치르게 되는지 반드시 저 천한 놈에게 각인시키겠습니다."

해진이 나직하게 입을 열었다.

"우선 여기 이곳 부흥의 본사를 서울로 이전하는 것이 먼저다. 그놈의 가까운 곳에서 그놈을 기다려야 도망갈 곳을 막을 수 있다는 말이다."

권휘가 웃으면서 대답했다.

"하하, 놈이 있는 곳을 알았으니 어차피 이제는 도망을 가도 더는 숨을 곳도 없을 것입니다. 천한 놈의 사부나 사숙도 더는 이곳에 없으니 그놈이 다시 천공불진을 열어 다른 곳으로 달아날 수도 없는 일이니까 말입니다."

해진이 머리를 흔들었다.

"그래도 조심해야 한다. 자신의 부모와 생이별을 하면서까지 인왕산의 암자에 숨을 정도로 영악했던 놈이니 조금만 방심하면 저놈이 기미를 느낄 수도 있다. 행여 실수를 한다면 어쩌면 저놈을 찾느라 그동안 허비했던 시간보다 더 긴 시간을 또다시 허비할지 모른다는 말이다."

"알겠습니다. 아버지."

해진이 시선을 돌려 자신이 가득한 얼굴로 묘한 미소를

머금는 아들 권휘를 바라보았다.

"이 아비가 저놈의 몸에서 천명의 권능을 회수하기 전에 먼저 저놈의 몸을 건드려서는 안 된다. 저놈의 명은 이 아비가 결정을 할 것이니 성급하게 나서지 말라는 뜻이다."

해진은 행여 아들 권휘가 욕심을 부려 김동하의 몸에서 먼저 천명을 빼내는 것을 견제했다.

권휘라면 능히 김동하를 상대할 수 있을 정도로 강하고, 또한 김동하의 몸에서 천명의 권능을 회수할 정도로 힘이 있다는 것도 알고 있었다. 자신 외에는 천명의 권능을 누구도 넘보아서는 안 된다고 생각한 해진은 아들인 권휘에게까지 견제를 하고 있었다.

만약 권휘가 자신을 따돌리고 김동하에게서 천명을 권능을 빼낸다면 아들조차도 용서하지 않을 해진이었다.

그런 아버지의 욕망을 알고 있는 권휘가 해진을 바라보았다.

"걱정하지 마십시오, 아버지. 저 천한 놈이 가진 천명은 아버지의 것임을 잘 알고 있습니다."

해진이 머리를 끄덕였다.

"다시 한번 양 사장을 시켜 부흥의 서울 이전을 서둘러야 한다고 재촉 하거라."

"예!"

권휘가 머리를 숙였다.

[현재까지 대한항공의 윤태성 회장의 자세한 근황은 밝혀지지 않고 있습니다. 그 때문에 현재 인천공항의 응급의료센터에는 윤태성 회장을 서울의 종합병원센터로 이동할 준비를 진행하고 있는 중으로 알려졌습니다.]

모니터의 하단에 달려 있는 스피커를 통해 인천공항에서 뉴스를 보도하는 기자의 목소리가 흘러나왔다.

해진이 서늘하게 웃었다.

"그놈이 곁에 있는데 죽을 리는 없겠지."

해진은 김동하가 죽은 사람도 살리는 천명의 권능을 가지고 있다는 것을 잘 알고 있었기에 인천공항에서 쓰러진 대한항공의 윤태성 회장이 절대로 죽지 않을 것임을 확신했다. 아버지 해진과 함께 모니터를 보고 있는 권휘의 눈도 묘한 빛을 흘리며 반짝이고 있었다.

조선남자
朝鮮男子

친정언니

"꺅! 오빠! 어서 나와 봐. 동하 동생이랑 서영 언니가 텔레비전에 나오고 있어."

영등포 신길동에 위치한 '돈이락'(豚利樂)이라는 새로 오픈한 갈비집에서 갑작스런 비명이 흘러나왔다.

홀에서 들려오는 소리에 주방에서 설거지를 하고 있던 사내들이 놀란 듯 주방문을 열고 뛰어 나왔다.

"뭔데?"

"뭐야?"

주방에서 달려 나온 세 명의 사내들은 보기에도 깔끔한 주방용 옷을 걸치고 있었다.

제일 뒤에 나온 사내는 손에 고무장갑도 벗지 못한 모습이었다.

홀에서 주문한 고기를 구우며 맛있게 식사를 하고 있던 손님들도 갑작스럽게 들려온 비명소리에 놀란 듯 가게의 카운터 쪽을 바라보았다.

"뭐야? 또 무슨 사건이 터진 건가?"

"아! 깜짝이야."

햇살이 스러지고 있는 오후지만 아직 저녁식사를 하기엔 이른 시간이다.

하지만 이미 홀의 테이블 절반 정도는 손님으로 채워져 있었기에 가게 안은 고기를 구울 때 피어오르는 연기가 제법 넓게 퍼져 있었다.

테이블마다 환기장치가 설치되어 있었지만 모든 연기를 다 빨아내지는 못했다.

홀 한쪽에 대형 에어컨이 가동되고 있었지만 시원함보다는 환기가 먼저였기에 아예 문을 열어놓았다.

50평이 넘는 제법 큰 돈이락의 홀은 테이블만 20개가 넘을 정도였고 신선한 고기와 친절한 서비스로 제법 손님들이 많았다.

돈이락이 새로 오픈하기 전에 이곳은 해장국을 파는 곳이었지만 그야말로 파리를 날릴 정도로 장사가 시원치 않은 곳이었다.

하지만 돈이락이 들어서면서 입소문이 퍼져 나가기 시작했고, 금방 돈이락은 근처에서 저렴하고 간단하게 술과 식사를 해결할 수 있는 곳으로 소문이 났다.

돈이락에서 손님에게 제공하는 고기가 신선한 이유는 매일 이곳 돈이락의 사장이 마장동과 농산물 시장을 직접 다녀와 신선한 고기와 야채 등을 직접 가져와 유통시키기 때문이다.

그 사실이 알려지며 더더욱 손님이 늘어났다.

최동명은 홀에서 들려온 아내 유선하의 비명소리에 하얗게 질린 얼굴로 달려 나왔다.

유선하가 죽었다가 살아난 이후 최동명은 아내의 손에 물이 닿는 것도 기겁할 정도로 유선하를 아꼈다.

더구나 아내의 몸속에 자신의 분신이 살아 있다는 것을 알게 된 이후에는 아예 유선하를 신주단지 모시듯 조금이라도 힘든 일이라면 하지 못하게 말릴 정도였다.

유선하는 김동하에게서 천명을 돌려받고 다시 살아난 이후 완전해 새로운 여인으로 바뀌어 있었다.

지금의 유선하는 하루하루의 행복을 것을 만끽하고 있는 중이었다.

"형수! 왜 그래요?"

유선하의 둘째 시동생인 김설형이 놀란 얼굴로 유선하를 바라보았다.

막내인 이정학도 놀란 얼굴로 손에 낀 고무장갑을 벗지도 못하고 눈을 멀뚱거리고 있었다.

최동명이 유선하에게 급한 걸음으로 다가섰다.

"뭔데 그래?"

최동명은 아내가 한번 죽었다가 다시 살아난 이후 아내 유선하에 대한 애정이 더 깊어졌다.

유선하가 손을 들어 텔레비전을 가리켰다.

홀 한쪽 천정에 매달린 50인치가 넘는 대형텔레비전의 화면에는 붉은 바탕에 흰 글씨로 속보라는 자막이 떠올라 있었다.

[속보! 한국항공 윤태성 회장, 공항에서 전 사위와 다투다 쓰러져 현재 중태, 생명 위독.]

유선하가 가리킨 텔레비전의 화면 자막을 본 최동명이 눈을 껌벅였다.

아내 유선하와 대한민국 굴지의 항공재벌인 한국항공의 윤태성 회장은 전혀 상관이 없는 사이였다.

"한국항공의 윤태성 회장이 쓰러졌다고 소리친 거야?"

최동명은 아내가 비명을 지른 이유가 윤태성 회장 때문이라는 것이 어이가 없었다.

유선하의 둘째 시동생인 김설형이 눈을 껌벅였다.

"형수! 한국항공의 윤태성 회장과 아는 사이였어요?"

그때 제일 늦게 홀로 나온 막내 시동생 이정학이 굳은 얼굴로 화면을 보며 입을 열었다.

"두, 둘째 형! 저기 동하 동생이랑 서영 누님이야."

"뭐?"

김설형이 입을 벌리며 다시 한번 텔레비전을 바라보았다.

그제야 홀에서 식사와 술을 마시던 사람들도 돈이락의 홀 가운데 매달려 있는 텔레비전을 바라보았다.

"아! 한국항공의 윤태성 회장이구나."

"쯧! 아무리 돈이 많아도 저럴 땐 아무 소용없지. 돈을 억만금을 주고도 생명은 살 수 없으니… 쯧!"

"한국항공의 윤회장 딸이 이혼했었나?"

손님들이 텔레비전에서 속보로 전해지는 뉴스를 보며 술렁였다.

"근데 이 집 사장 부인이 한국항공의 윤태성 회장과 친한 사인가?"

손님들이 머리를 갸우뚱하며 홀 입구의 카운터 쪽에서 텔레비전을 바라보고 있는 유선하와 주방에서 달려 나온 사내들을 바라보았다.

막냇동생 이정학의 말에 화면을 바라보고 있던 최동명의 얼굴도 굳어졌다.

그의 눈에 너무나 익숙하고 반가운 얼굴이 들어왔다.

"도, 동하 동생하고 처형이구나……."

하늘이 무너진다고 해도 절대로 잊을 수 없는, 그야말로 하늘이 자신과 아내에게 내려준 두 은인의 모습이 화면에 생생하게 있었다.

유선하는 그날 자신의 천명을 돌려주고 맛있게 식사까지 마치고 돌아간 김동하와 한서영을 다시 한번 보고 싶었다.

그런데 이렇게 다시 볼 줄은 몰랐는지 얼굴이 발갛게 상기되어 있었다.

최동명이 입을 열었다.

"동하 동생이 저곳에 있으니 한국항공의 윤태성 회장이 죽을 일은 없겠다."

"맞아요. 동하 동생이랑 서영 언니가 저곳에 있으면 저 회장님이란 분은 절대로 죽지 않을 거예요."

유선하가 발갛게 상기된 얼굴로 머리를 끄덕였다.

김동하의 능력을 누구보다 잘 알고 있는 네 사람이었다.

텔레비전의 뉴스에서 기자가 다급한 어투로 보도하고 있는 와중에 최동명 부부와 두 명의 시동생은 전혀 걱정할 일이 아니라는 뜻으로 말했다.

그러자 카운터에 가까이 위치한 테이블의 손님이 눈을 껌벅이며 네 사람을 바라보았다.

"저기 사장님!"

테이블에 앉아서 친구랑 술을 마시고 있던 40대의 남자가 입을 열었다.

최동명과 유선하가 40대의 손님을 바라보았다.

"방금 윤태성 회장이 안 죽는다고 말씀하셨습니까?"

기어코 궁금증을 참지 못한 손님이 최동명에게 물었다.

최동명이 빙긋 웃었다.

"하하, 절대로 안 죽습니다."

"예?"

돼지삼겹살구이와 함께 술을 마시던 손님과 그와 함께 같은 자리에서 술을 마시던 손님이 눈을 동그랗게 떴다.

유선하가 입을 열었다.

"우리 오빠 말이 맞아요. 저 회장님이란 분 절대로 안 죽을 거예요."

"그걸 어떻게 아십니까? 기자는 한국항공의 윤태성 회장이 생명이 위독한 중태라고 보도하고 있는데 말이요."

손님의 질문에 유선하가 생긋 웃으며 대답했다.

"지금 텔레비전에서 보이는 사람들이 회장님이라는 분을 살펴드리고 있으니 그렇게 말한 거예요. 저 사람들이 곁에 있는 한 그 회장님이라는 분은 절대로 죽지 않을 거예요."

유선하의 말에 손님과 그의 친구가 다시 텔레비전을 바라보았다.

화면에는 김동하와 한서영이 한국항공의 윤태성 회장을 살펴보는 모습이 비치고 있었다.

40대의 손님이 머리를 돌리며 물었다.

"저 젊은 남자와 여자 때문이라는 말이오?"

유선하가 머리를 끄덕이며 대답했다.

"맞아요. 두 사람 다 의사인데 정말 좋은 사람들이에요. 그리고 저 젊은 남자는 내 동생이고 여자 분은 내 언니예요. 친언니!"

혈육 하나 없이 최동명을 만나 부부로 새로운 운명을 만들어나가는 유선하에게 한서영은 그야말로 세상에 하나뿐인 친언니와 같았다.

40대의 손님이 눈을 크게 떴다.

"저 텔레비전에서 비치는 긴 머리의 여자 분이 여기 여사장님의 친언니라고요?"

유선하가 크게 머리를 끄덕였다.

"물론이에요. 제 친언니예요. 친언니!"

유선하가 마치 자랑이라도 하듯 상기된 얼굴로 친언니라는 것을 강조했다.

손님이 유선하와 한서영의 얼굴을 대조하려는 듯이 텔레비전의 화면과 유선하의 얼굴을 번갈아 바라보았다.

"그러고 보니 여기 여사장님이랑 좀 닮은 것도 같네."

화면에 비친 긴 머리칼의 한서영의 늘씬한 모습과 카운

터 앞에서 남편 최동명과 함께 나란히 서 있는 긴 머리의 유선하는 얼핏 비슷한 모습으로 보였다.

유선하는 손님이 자신과 서영 언니가 닮은 모습이라는 것에 하얀 이를 드러내며 환하게 웃었다.

최고의 덕담이라는 느낌까지 들 정도였다.

유선하가 밝은 미소를 머금자 최동명이 유선하의 손을 잡으며 입을 열었다.

"처형을 보는 게 그렇게 좋아?"

"나한테는 오빠와 삼촌들을 빼곤 유일한 가족이니까 당연하지."

최동명이 싱긋 웃었다.

아내에게 처형 한서영이 어떤 존재인지 누구보다 잘 알고 있는 최동명이었다.

"그렇지 않아도 여기 가게 열고 시간 봐서 서영 언니랑 동하 동생을 초대하려 했는데 이렇게 보게 될 줄은 몰랐어, 오빠."

유선하가 자신도 모르게 한 손으로 자신의 배를 문질렀다.

뱃속에 아기가 잉태되어 있다는 것을 알고부턴 무엇보다 자신의 몸을 소중하게 생각하는 유선하였다.

최동명이 입을 열었다.

"네 생일날 맞춰서 그날 하루만큼은 가게영업을 접고 두

사람을 초대하려 한 건데 이렇게 보게 되네? 영선이도 그
날 초대해서 동하 동생이랑 처형을 소개시켜 줄 생각이었
는데…….."

유선하가 눈을 깜박였다.

"영선씨도 초대하려고요?"

"당연하지. 그놈 덕분에 이 가게를 열게 되었는데 당연
히 초대해야지."

말을 하는 최동명의 얼굴이 환해졌다.

듣고 있던 이정학이 입을 열었다.

"근데 동하 동생이랑 서영 누님이 이 시간에 공항에 있었
다면 어디로 출국하려던 것이 아닌가?"

"그러고 보니…….."

네 사람의 시선이 다시 텔레비전으로 향했다.

텔레비전의 뉴스에서 기자가 호들갑을 떨어대고 있었지
만 한국항공의 윤태성 회장이 누구보다 안전하리라는 것
을 이미 확신한 네 사람의 표정은 김동하와 한서영의 근황
만이 궁금한 듯했다.

최동명 부부가 영등포의 신길동에서 이곳 돈이락을 인수
하게 된 사연은 참으로 극적이었다.

유선하가 교통사고로 사경을 헤매고 있을 때, 아내를 치
료할 병원비가 없어서 아픈 아내를 천천히 죽어가게 만들
정도로 빈궁했던 최동명과 동생들이었다.

아내이자 형수인 유선하의 병원비를 마련하기 위해 차마 해서는 안 될 윤수경의 추악한 뒷일까지 할 정도였다.

그런데 유선하가 김동하의 천명의 권능으로 다시 살아나면서 생각지도 못했던 인연들이 이어져 이곳 돈이락이라는 가게를 인수할 수 있었다.

아내가 멀쩡한 몸으로 건강을 되찾자 최동명은 다시 일거리를 찾아야 했고, 최동명의 동생들인 김설형과 이정학도 다른 일거리를 찾기 위해서 여러 곳을 수소문 하고 다녔다.

맨몸뚱이뿐인 최동명과 형제들은 그나마 튼튼한 자신들의 몸을 믿고 막노동이라고 할 생각이었지만 그것도 쉽지 않았다.

막노동에도 기술이 필요한데, 자신들이 가진 건 지금까지 단련해온 운동으로 다져진 몸뚱이뿐이었을 뿐 막노동에 사용할 수 있는 기술은 없었다.

대체적으로 막노동은 토목이나 건축 같은 건설현장에서 일하는 그야말로 단순하게 몸으로 직접 힘을 사용하는 직업을 의미한다.

목수나 미장과 같은 기술을 가진 전문노동자는 하루일당이 제법 높았다.

건설현장에서도 인정받을 정도로 상당한 기술을 가진 전문노동자의 경우는 하루 일당이 혀를 내두를 정도로 높은 경우도 있었다.

대신 그런 기술이 없는 하급노동자는 그 기술자의 뒷일을 챙기는 것으로 시작해야 했고 일당도 상대적으로 빈약한 것은 당연했다.

최동명과 형제들은 유선하가 다시 살아난 것에 희망을 가지고 미래가 보이지 않는 막노동이라고 해도 열심히 일했다.

일터로 출근하는 하루하루가 즐겁고 신이 났지만 가난이라는 굴레를 단숨에 벗어나는 것은 참으로 힘겹고 어려운 일이었다.

유선하도 교통사고가 나기 전에 남편 최동명을 돕기 위해 시작했던 우유배달 일을 다시 시작하려 했지만 최동명과 그의 동생들이 하늘이 무너져도 두 번 다시 유선하를 일하게 만들 수 없다고 반대했다.

유선하는 결혼 전 자신이 다니던 연흥산업에 다시 복귀해야 할지 고심하던 중이었다.

그러던 중 최동명은 생각지 않았던 사람과 대면하며 기막힌 행운을 얻었다.

여의도의 아파트 건설현장에서 일하고 있던 최동명과 동생들은 막 현장의 점심시간에 현장식당에서 식사를 마치고 나오다 현장식당으로 돼지고기 납품을 온 한 사내와 조우했다.

최동명과는 잊을 수 없는 인연으로 이어진 구영선이라는 친구였다.

고교시절 최동명을 보육원 출신이라 놀리는 다른 친구들에게 최동명과 비슷한 환경으로 홀어머니와 함께 살아가고 있던 구영선이 최동명의 편을 들며 함께 맞서게 된 것이 인연의 시작이었다.

고교시절 최동명은 누구에게도 무시를 당하지 않기 위해 열심히 운동을 했다.

그 때문에 고교시절의 최동명은 하루하루를 싸움질로 시작하고 마무리할 정도였다.

쉽게 당하지 않을 정도로 실력이 뛰어나긴 했지만 패거리로 싸움을 걸어오는 동년배의 친구들을 혼자 감당하기는 힘들었기에 최동명의 얼굴은 늘 멍이 지워지지 않았다.

그것을 보다 못한 구영선이 결국 최동명의 편에 서서 함께 싸우게 된 것이다.

우여곡절 끝에 고교를 졸업하고 최동명이 보육원을 떠나면서 결국 친하게 지냈던 구영선과도 헤어졌다.

그런데 우연하게 현장식당으로 돼지고기 납품을 온 구영선을 다시 만난 것은 그야말로 행운이었다.

최동명과 구영선은 10년이 넘은 세월을 헤어져 있었지만 식당 앞에서 만나는 순간 단번에 서로의 얼굴을 알아보았다.

구영선은 고교 졸업 후 최동명의 소식을 수소문했지만 결국 찾지 못하고 포기하고 말았다며 다시 만난 최동명을 너무나 반갑게 대했다.

서로의 근황을 물어보던 중 구영선이 마장동에서 제법 규모가 큰 도축업을 하고 있다는 것을 알게 되었다.

그런 구영선이 이곳 신길동의 돈이락을 제안한 것이 결국 최동명과 유선하 부부 그리고 최동명의 동생들이 이 가게를 열게 된 배경이 되었다.

구영선은 이미 이곳 신길동에 자신의 도축장에서 공급하는 신선한 고기를 재료로 돼지고기 전문점을 오픈할 생각을 가지고 있었다.

마땅한 자리와 가게를 믿고 맡길 적임자를 구하고 있던 중 최동명과의 조우는 기막힌 적임자가 등장했다고 할 수 있었다.

구영선은 가게를 여는 초기자금까지 전부 최동명에게 빌려주었다.

최동명으로서는 엎드려 감사인사를 해도 모자랄 정도로 고마운 은인과 같은 친구라고 할 수 있었다.

구영선은 최동명에게 선뜻 가게를 열 수 있는 자금을 빌려주었다.

오랫동안 찾지 못했던 친구의 결혼식에 참석하지 못해 내지 못했던 축의금을 대신해서 빌려주는 거라고 웃으면

서 말하던 구영선의 미소는 최동명에게 친구의 우정을 느끼게 만들어 주었다.

최동명이 돈이락이라는 이름으로 가게를 오픈하던 날 구영선은 가게에 납품할 돼지고기를 싣고 와서는 부인으로 선택한 여인이 참으로 착하고 아름답게 생겨서 더욱 믿음이 가게 되었다고 최동명에게 덕담을 했다.

구영선의 제안으로 결정한 돈이락은 근래 들어와서는 신길동 일대에서 맛집으로 소문날 정도로 번성했다.

지금은 아직 퇴근시간이 아니었기에 비교적 한산(?)한 느낌이지만 잠시 후 퇴근시간이 되면 가게에는 앉을 자리가 없을 정도였다.

일부 단골손님들은 아예 번호표를 받아서 대기 순번을 기다리기도 했다.

돈이락은 최동명 부부와 그들의 동생들에게 인생의 새로운 전환점이 되었다.

최동명 부부와 동생들이 오픈한 돈이락이 의외로 장사가 잘된다는 것을 알게 된 영등포 인근의 텃세를 가진 건달패거리들이 기웃거리다가 최동명과 두 명의 동생들을 보고는 군소리 못 하고 가게에는 얼씬도 하지 않은 것도 꽤나 유명한 일화였다.

태권도와 합기도 그리고 유도 등으로 다져진 최동명의 형제들이 가진 유단증의 단수를 모두 더하면 무려 33단이다.

그것이 과거 윤수경의 경호를 맡게 된 태양경호사무실을 열게 된 배경이 되기도 했다.

한눈에 보아도 범상치 않을 정도로 단단한 체격과 운동으로 단련된 몸을 가지고 있다는 것을 어쭙잖은 건달패거리들도 단번에 눈치챌 정도였다.

유선하가 최동명을 보며 입을 열었다.

"서영 언니와 동하 동생이 공항에 있다면 외국에 나가는 걸까?"

최동명이 머리를 힐끗 돌려서 벽의 달력을 바라보았다.

9월 19일이 되려면 아직 열흘이나 넘게 남아 있었다.

9월 19일이 아내인 유선하의 생일이었고, 그날 이곳 돈이락은 가게를 오픈한 후 처음으로 영업을 쉬고 가게 문을 닫는 날이 될 것이다.

그리고 그날 두 부부와 동생들에게 너무나 소중한 사람들을 이곳으로 초대하여 정성껏 준비한 음식으로 행복한 시간을 보낼 생각이었다.

최동명이 유선하를 보며 입을 열었다.

"선하가 처형이나 동하 동생에게 전화를 해 봐."

가게를 오픈했지만 김동하나 한서영에게 가게를 열었다고 아직 알려주지도 못한 최동명 부부였다.

괜히 김동하와 한서영에게 부담을 주기 싫었던 최동명 부부였기에 유선하의 생일에 맞추어 전화를 할 예정이었다.

"알았어요."

유선하가 앞치마에서 전화기를 꺼내어 재빨리 단축번호를 눌렀다.

유선하의 단축번호 1번은 남편 최동명이지만 2번과 3번은 시동생 대신 한서영과 김동하였다.

유선하의 시동생들인 김설형과 이정학은 그것을 전혀 질투하지 않았다.

형수인 유선하에게 한서영과 김동하가 어떤 존재인지 너무나 잘 알고 있었기 때문이다.

단축번호를 누르자 이내 발신음이 흘렀다.

띠리리리릿—

길게 벨소리가 이어졌지만 한서영이나 김동하 누구도 전화를 받지 않았다.

유선하가 약간 실망한 얼굴로 최동명을 올려다보았다.

"전화를 받지 않아요."

최동명이 살짝 굳은 표정으로 머리를 끄덕였다.

"선하 짐작대로 동하 동생이랑 처형이 한국을 떠나 외국을 다녀올 모양인 것 같다. 선하 생일 전에는 돌아올 수 있을지 모르니 하루에 한 번씩 계속 전화를 해보자."

"알았어요."

유선하가 아쉬운 표정으로 자신의 전화기를 내려다보았다.

조금 전 발신한 한서영의 번호가 찍힌 수신자의 이름이 유선하의 눈에 들어왔다.

[친정언니.]

유선하에게는 너무나 소중하고 중요한 번호였다.

유선하의 맑은 눈에 그리운 얼굴 두 개가 오버랩으로 천천히 떠올랐다.

누군가를 그리워하는 눈빛을 가득 담은 유선하의 갸름한 손가락 끝이 전화기의 액정에 떠올라 있는 친정언니라는 글자를 아쉬운 듯 쓰다듬었다.

서쪽 하늘

같은 시간.

인천공항에서 벌어진 한국항공의 윤태성 회장에 관한 속보를 보고 놀라고 있는 사람은 최동명 부부와 그 동생들만은 아니었다.

김동하와 한서영이 곡도라는 옛 이름을 가진 탓에 방문했던 백령도에 위치한 해병들의 군막사에서도 비슷한 소동이 일어나고 있었다.

김동하에게 새롭게 생명을 돌려받은 최은지와 죽은 강아지와 외동딸로 인해 김동하와 인연을 맺게 된 윤경민 부장검사를 비롯해 김동하에게 천명을 회수당한 경험을 가졌던 장수란과 윤수경도 오후에 텔레비전으로 보도되고 있는 인천공항의 속보에 놀란 눈으로 화면 속의 김동하와 한서영의 모습을 바라보았다.

김동하로서는 의도하지 않았지만 자신으로 인해서 새롭게 인연을 맺은 사람들이 늘어나고 있었다.

그리고 그들이 텔레비전의 화면으로 보고 있는 김동하와 한서영은 화면에서 보이는 모습과는 달리 대한민국의 영토를 떠나 먼 서쪽의 하늘 위를 날고 있는 중이었다.

위이이이잉—.

비행기의 엔진음과 진동이 희미하게 들려오고 있었다.

김동하는 이처럼 거대한 쇠로 만든 기계가 하늘을 나는 것이 신기한지 연신 창밖으로 시선을 던졌다.

미국으로 출국하기 위해 서둘러 공항에 도착했지만 공항에서 예상치 못했던 일로 예정했던 오후 2시 비행기에 탑승하지 못했다.

결국 대한항공의 배려로 오후 4시에 뉴욕으로 출발하는 비행기에 탑승한 한서영과 김동하였다.

더구나 본래 배정된 비즈니스 좌석이 아닌 두 사람과 일행인 데니얼 엘트먼에게는 대한항공의 퍼스트클래스인 1등석으로 좌석이 배정되었다.

그것은 김동하의 덕분으로 다시 살아난 윤태성 회장의

배려였다.

다행히 대한항공의 오후 4시 뉴욕행 비행기의 1등석 상당수가 비어 있었기에 세 사람에게 1등석의 좌석을 배정하는 것에는 문제가 없었다.

출국수속도 귀빈통로를 이용해서 신속하게 마칠 정도로 대한항공에서의 한서영과 김동하에 대한 배려는 특별했다.

난생처음으로 비행기를 타본 김동하는 넓은 퍼스트클래스 좌석과 창밖의 풍경이 신기하게만 보였다.

한가할 때 읽었던 잡서에서 신선이 구름을 타고 논다는 말이 지금과 같은 상황이라고 생각할 정도로 신비로운 느낌이었다.

더구나 비행기가 땅에서 떨어져 하늘로 날아오를 때의 그 묘한 느낌은 참으로 기가 막혔다.

자신이 해동무의 비등연공을 절정으로 전개해도 그런 느낌은 느끼지 못했지만 비행기는 달랐다.

김동하로서는 태어난 이후 처음으로 겪어보는 신비한 경험이었다.

투명한 창밖으로 보이는 풍경은 솜털처럼 부드러운 구름의 바다뿐이었지만 그럼에도 창밖으로 향한 시선을 떼어내지 못하고 있었다.

한서영은 그런 김동하를 보며 생긋 웃었다.

김동하의 옆얼굴을 바라보던 한서영이 놀리듯 입을 열었다.

"촌놈!"

한서영의 말에 김동하가 머리를 돌렸다.

"뭐라고요?"

창밖의 풍경에 한껏 도취되어 있었기에 김동하는 한서영이 자신을 놀린다는 생각조차 하지 못하고 있었다.

한서영이 맑은 눈에 장난기를 가득 담은 채 김동하의 얼굴을 빤히 바라보았다.

입가에는 미소가 가득했다.

"아까 신발 벗고 비행기에 탔을 때 스튜디어스 표정 보고 어떤 생각이 들었어?"

순간 김동하의 얼굴이 살짝 붉어졌다.

자신이 손에 신발을 들고 비행기에 오르자 손으로 입을 막고 웃음소리를 감추려고 하던 늘씬한 여인의 모습이 머리에 떠오른 것이다.

그 여인뿐만 아니라 동행을 하던 데니얼 엘트먼과 뒤쪽의 다른 승객들도 그런 김동하를 보며 실소를 머금고 있었다.

사람들의 표정을 보고 난 이후 김동하는 한서영이 자신에게 장난을 친 것임을 깨달았다.

저절로 얼굴이 시뻘겋게 달아오를 정도로 민망한 상황이

었지만 어쩔 수는 없었다.

이미 한서영의 잔꾀에 농락당한 이후였기에 번복할 수도 없는 일이었다.

자신의 뒤에서 놀림감이 된 자신을 두고 한서영이 도도한 얼굴로 스튜디어스에게 한 말은 잊히지도 않았다.

'호호 이 남자 비행기 처음 타는가 봐요. 참고로 나랑 같은 일행이 아니에요.'

그 말을 남기고 도도하게 자신을 스쳐가며 몰래 자신을 향해 혀를 뾰족 내밀며 놀려대던 한서영의 얼굴이 아직도 김동하의 머릿속에 남아 있었다.

그리고 제일 먼저 이곳에 도착해서 김동하가 들어오기를 기다리고 있었기에 김동하는 같은 비행기에 타는 승객들로부터 묘한 뉘앙스를 풍기는 웃음소리까지 덤으로 들어야 했다.

참으로 능청스러운 한서영의 임기응변이었다.

김동하가 조금 붉어진 얼굴로 입을 열었다.

"누님이 스튜디어스라는 그 여인에게 제가 비행기를 처음 타는 사람이며 누님과 같은 일행이 아니라고 말씀하실 때 그 여인이 지었던 표정을 물어보시는 겁니까?"

"그래."

김동하가 살짝 민망한 듯 한서영을 바라보았다.

"그건 누님이 신발을 벗고 타야 한다고 말씀하셔서……."

"호호, 내가 장난으로 한 말을 다 믿은 거야?"

한서영이 하얀 이를 드러내며 웃는 얼굴로 김동하를 바라보았다.

그런 한서영의 눈에 장난기가 가득했다.

김동하가 잠시 눈을 감았다가 떴다.

"참 예뻤습니다."

김동하의 뜬금없는 말에 한서영의 눈이 커졌다.

"뭐라고 하는 거야?"

한서영은 무엇을 말하는 것인지 알 수가 없다는 표정으로 김동하를 바라보았다.

김동하가 한서영을 보며 입을 열었다.

"저를 보고 감추듯 숨기는 듯 묘한 미소를 담은 얼굴이 참으로 예뻤습니다."

한서영의 눈이 반달이 되고 있었다.

"호호, 나 말고 그 스튜디어스 아가씨 말이야."

한서영은 김동하가 예쁘다고 한 말은 당연하게 자신을 두고 하는 말이라고 생각했다.

또한 누군가로부터 예쁘고 아름답다는 말은 귀에 못이 박힐 정도로 수없이 많이 들었기에 지금도 당연하게 자신

에게 하는 말이라고 생각했다.

김동하가 눈을 껌벅이며 대답했다.

"누님을 말하는 것이 아니라 아까 비행기에 탈 때 절 보고 웃던 분을 보고 말하는 것입니다."

"뭐?"

한서영의 눈이 동그랗게 변했다.

김동하가 부드럽게 웃으며 입을 열었다.

"눈매가 아주 아름다웠습니다. 단정한 머릿결과 단아해 보이는 자태까지."

말을 하던 김동하가 자신을 보고 있는 한서영을 아래위로 훑어보았다.

마치 비행기를 탈 때 보았던 그 스튜디어스와 한서영을 비교하는 것 같은 표정이었다.

이내 한서영을 훑어본 김동하가 자르듯 단호한 표정을 지으며 입을 열었다.

"서영누님과 참 대조적이어서 무척 인상적이었습니다. 하하. 아마 제 기억에 오래 남을 것 같은 생각이 듭니다."

"야!"

화가 치민 듯 버럭 소리를 지르던 한서영이 자신도 모르게 터져 나온 고성에 스스로가 놀란 듯 눈을 크게 뜨고 손으로 입을 가렸다.

일등석인 퍼스트클래스의 좌석은 희미한 비행기의 엔진

음만 조용하게 들릴 뿐 누구도 소란을 피우지 않는 곳이다.

한서영의 고성에 놀란 듯 반대편 창 쪽에 위치한 좌석에서 창밖을 바라보며 무언가 골똘한 생각에 잠겨 있던 데니얼 엘트먼이 머리를 번쩍 들고 이쪽을 바라보았다.

그는 공항에서 보았던 너무나 충격적인 모습이 여전히 그의 머릿속에서 떠나지 않았다.

김동하의 입에서 흘러나오던 그 푸른 기운이 인간의 생명을 상징하는 천명의 상징이라는 것에 마치 꿈을 꾸는 느낌이었다.

인간이 다른 인간의 생명을 다시 돌려줄 수 있고 거둘 수도 있음을 본인의 의지대로 시행할 수 있다면 그것은 인간의 몸으로 신의 권능을 가지고 있다는 말과 같은 의미라는 것을 그 역시 절실하게 깨달은 중이었다.

만약 김동하의 권능을 삶의 마지막을 살고 있는 사람들이 알게 된다면 어떤 일이 벌어지게 될지 상상하기만 해도 몸에 전율이 오를 정도였다.

아마 김동하를 차지하기 위해서 전 세계가 뒤집어질 수도 있을 것이다.

김동하를 차지한다면 영생을 얻는 것도 불가능한 일은 아니라는 것을 그 역시 느끼고 있었다.

생각만 해도 전신에서 소름이 돋을 것 같은 김동하의 천

명의 권능을 자신의 눈으로 보고 확인까지 했기에 그 충격
은 데니얼 엘트먼에게는 벼락을 맞은 것보다 더 크게만 느
껴졌다.

그런 와중 한서영의 갑작스런 고성은 그의 고민을 한꺼
번에 날려버릴 듯 놀라게 만들었다.

"닥터 한! 무슨 일입니까?"

데니얼 엘트먼은 자신이 목격한 김동하의 천명의 권능에
대해 꽤나 깊은 상념에 빠져 있었기에 한서영과 김동하가
소곤거리는 소리를 전혀 듣지 못했다.

한서영이 당황한 듯 더듬거렸다.

"아, 아니에요. 엘트먼 이사님!"

그때 한서영의 고성에 퍼스트클라스 담당 승무원이 다급
하게 다가왔다.

"불편한 것이 있으신가요? 고객님!"

퍼스트클라스를 담당하고 있는 여승무원의 얼굴은 무척
이나 당황한 듯 보였다.

한서영의 얼굴이 발갛게 달아올랐다.

자신도 모르게 김동하에게 소리를 쳤지만 이런 상황이
벌어질 것이라고는 생각하지 못했다.

앞쪽에서 14시간의 긴 비행을 잠으로 잊으려는 듯 잠을
청하고 있던 벽안의 승객들과 같은 한국인 승객이 놀란 얼
굴로 한서영을 바라보았다.

"무슨 일이 있었나?"

"무슨 일이지?"

퍼스트클래스 좌석에 탑승하고 있던 손님들은 갑자기 들려온 한서영의 고성에 놀란 듯 중얼거렸다.

그 모습에 한서영의 얼굴이 다시 붉어졌다.

자신의 고성이 뜻하지 않게 퍼스트클래스의 승객들에게 제법 혼란을 안겨주었다는 것을 그제야 실감하며 얼굴을 들 수 없을 지경이었다.

한서영의 손이 자신을 놀린 김동하의 손등을 세게 꼬집었다.

"몰라. 이게 다 자기 때문이야. 어떡해?"

김동하는 한서영이 발갛게 달아오른 얼굴로 눈을 흘기며 손등을 꼬집어도 부드러운 얼굴로 한서영을 바라보기만 할 뿐 손을 밀어내지는 않았다.

한서영이 자신의 말에 어떤 반응을 할지 미리 짐작하고 있었기 때문이었다.

동서고금을 통틀어 여자에게 가장 효과적인 대응은 질투심을 유발하는 것이 최고라는 것은 김동하도 알고 있었다.

더구나 한서영의 질투심은 김동하도 이미 꽤나 감지하고 있는 부분이었다.

아마 한서영은 지금까지 살아오면서 자신이 누군가를 질투하는 경험은 처음일 것이다.

때문에 그것이 질투라는 것을 자각하지도 못했다.

하긴 지금까지 부모를 비롯해 한서영이 알고 있는 모든 사람들은 한서영의 아름다운 미모를 보면서 누군가가 한서영을 질투할 것이라고 말했지 한서영이 누군가를 질투할 것이라곤 생각하지 않았을 것이다.

한서영이 꼬집은 김동하의 왼손 손등이 벌겋게 달아올랐다.

한서영은 몰랐겠지만 자신도 모르게 손톱에 날을 세워 힘을 준 것이다.

평범한 사람이라면 단번에 손등이 까져 피가 맺힐 정도로 매섭게 꼬집었지만 김동하는 여전히 부드러운 표정에 변화가 없었다.

오히려 당황해서 자신을 꼬집는 한서영이 재밌다는 표정이었다.

그때였다.

"뭔가 불편한 게 있나요?"

조용하게 한서영이 위치한 자리 뒤편으로 다가온 여인이 부드러운 어투로 물었다.

한서영이 머리를 돌리자 그녀의 눈에 같이 이 비행기에 동승한 한국항공의 윤태성 회장의 딸 윤소정이 보였다.

그녀도 김동하랑 한서영과 함께 같은 비행기를 타고 뉴욕으로 향하는 중이었다.

퍼스트클래스 담당 여승무원이 한국항공의 윤태성 회장 딸인 윤소정을 알고 있는지 살짝 당황한 얼굴로 목례를 했다.

"죄, 죄송합니다. 지사장님!"

박영진과 결혼하기 전 윤소정의 한국항공에서의 위치는 한국항공 뉴욕지사의 지사장을 맡고 있었다.

지금도 윤소정을 대할 때는 지사장이라는 말이 저절로 흘러나왔다.

윤소정은 아버지 윤태성 회장이 김동하의 천명에 의해서 다시 살아나자 안도하고 한국을 떠나게 되었다.

박영진과는 같은 하늘 아래에서 단 한순간도 머물기 싫을 정도로 그야말로 오만정이 다 떨어진 윤소정이었다.

그 때문에 아버지가 무사하다는 것을 알게 되자 김동하와 한서영과 함께 뉴욕행 비행기에 몸을 실은 것이다.

김동하와 한서영이 퍼스트클래스의 좌석을 새로 배정받은 것도 윤소정이 아버지인 윤태성 회장에게 부탁하여 만들어낸 것이라고 할 수가 있었다.

지금까지 윤소정은 자신의 두 쌍둥이 아들 일준이와 이준이를 다독여 잠을 재우고 있었던 탓에 따로 김동하와 한서영에게 감사인사를 하지 못하고 있었다.

공항에서 그토록 울어대던 아이들은 비행기에 타자마자 지친 듯 잠들었다.

윤소정은 그런 아들들의 곁에서 자신이 한국을 떠나야
했던 상황과 지금 자신이 어떤 상황에 처해 있는지 고민하
고 있던 중이었다.

윤소정이 뉴욕으로 돌아가게 되면 조만간 한국항공의 뉴
욕지사장이 다시 바뀌게 되어 그 자리에 윤소정이 앉게 될
확률이 높았다.

하지만 당분간 아무것도 하지 않고 두 쌍둥이 아들을 키
울 생각만 하고 있었던 탓에 아직 윤소정은 어떤 것도 결
정하지 않고 있는 중이었다.

돈이라면 남편인 박영진에게 받은 위자료도 있었고 또한
아버지가 한국항공의 회장이니 죽을 때까지 쓰고도 남을
만큼 충분했다.

그런 상황에서 자신의 고민을 날려버리는 듯이 한서영의
고함소리가 터져 나왔으니 화들짝 놀랄 것은 당연했다.

한때는 한국항공의 차세대 경영인으로 주목받던 시절도
있었던 윤소정이었다.

윤소정까지 다가오자 한서영의 얼굴이 새빨갛게 달아올
랐다.

다행히 힘들게 잠재운 윤소정의 두 쌍둥이 아들은 잠에
서 깨지 않고 소곤소곤 잠들어 있었다.

윤소정이 퍼스트클래스 담당 승무원을 보며 작은 목소리
로 입을 열었다.

"여긴 나한테 맡기고 돌아가서 행여 아가들이 깨지 않는지 봐줘요."

윤소정의 말에 퍼스트클래스 여승무원이 살짝 머리를 숙였다.

"알겠습니다. 지사장님!"

윤소정이 쓸쓸하게 웃었다.

"이제 지사장님이라는 말은 하지 않아도 돼요. 저는 한국항공의 임직원으로 여기에 탄 것이 아니라 미국으로 가는 손님으로 탄 거예요."

윤소정은 결혼 전에 들었던 지사장이라는 호칭을 아직도 한국항공의 승무원들이 부르는 것에 어색한 미소를 머금었다.

여승무원이 머리를 숙였다.

"알겠습니다."

말을 마친 승무원이 이내 몸을 돌려 방금까지 윤소정이 보살피고 있던 두 아기들이 잠든 좌석으로 향했다.

승무원이 돌아가자 윤소정이 한서영과 김동하를 보며 살짝 웃는 얼굴로 입을 열었다.

"따로 인사를 드리려 했는데 비행기에 타자마자 아기들을 돌보느라 경황이 없었네요. 두 분께 다시 한번 감사드립니다."

한서영이 살짝 붉어진 얼굴로 대답했다.

"아, 아니에요. 소리쳐서 미안해요. 나도 모르게 그만……."

한서영은 진심으로 미안한 얼굴이었다.

윤소정이 입가에 미소를 머금었다.

"괜찮아요. 당황하실 필요는 없어요. 간혹 긴 시간 운항 중에 에어포켓 같은 난기류를 만나게 되면 일등석에서도 비명이 나오기도 하는 걸요."

한서영이 민망한 듯 얼굴을 붉히며 입을 열었다.

"그냥 이 사람이랑 작게 대화를 하다가 나도 모르게 큰소리가 나왔어요."

윤소정이 자신을 배려해서 다독이자 한서영이 더욱 미안한 얼굴로 사과를 했다.

한서영도 공항에서 김동하가 윤태성 회장의 천명을 돌려주고 난 이후에야 윤태성 회장이 어떤 사람이며 윤소정이 한국항공 회장의 딸이라는 것도 알게 되었다.

그리고 그녀가 남편과 이혼을 하고 두 아이들을 데리고 미국으로 출발하기 전이었다는 것도 알았다.

윤소정이 살짝 웃었다.

공항에서 아버지인 윤태성 회장이 쓰러졌을 때 울부짖던 모습과는 전혀 다른 윤소정의 미소는 한서영이 놀랄 정도로 부드러웠다.

전남편이었던 박영진을 향해 저주와 원망이 가득한 표정

을 짓던 얼굴에 이런 부드러운 미소가 숨겨져 있을 것이라곤 한서영도 생각하지 못한 듯했다.

윤소정이 한서영과 김동하를 보며 입을 열었다.

"두 분 덕분에 저의 아빠가 살아나셨어요. 아빠도 당연히 사례를 하시겠지만 저 개인적으로도 두 분께 무언가 사례를 하고 싶어요. 그리고…….."

비행기는 퍼스트클래스 좌석답게 거의 흔들림이 없이 순항 중이었다.

한서영이 궁금한 얼굴로 윤소정을 바라보았다.

윤소정이 잠시 머뭇거리다가 입을 열었다.

"공항에서 아셨다시피 저는 남편과 결혼생활을 그만두게 되었어요. 쉬운 말로 이혼을 한 거예요. 그래서 당분간 아이들과 함께 한국을 떠나서 미국에서 살 생각인데…….."

윤소정이 힐끗 자신의 쌍둥이 아들이 잠들어 있는 좌석을 바라보았다.

윤소정의 눈에 좀 전에 돌려보낸 퍼스트클래스 담당 승무원이 자신의 쌍둥이 아들을 들여다보는 모습이 들어왔다.

윤소정이 시선을 돌리며 한서영을 바라보았다.

"실례가 되지 않는다면 미국에 계시는 동안이라도 우리 쌍둥이 아이들이 행여 아프거나 하면 연락을 드려도 될까

요? 전 두 아이의 엄마이긴 하지만 아무것도 모르는 애송이 엄마예요. 그런 저에게 두 분이 곁에 계신다는 것만으로 상당히 힘이 될 것 같아서요."

한서영이 생긋 웃었다.

"물론이에요. 도움이 필요하면 당연히 도와 드려야죠."

의사로서 자신들이 필요하다면 당연히 돕겠다는 한서영이었다.

외국생활이 익숙한 윤소정이겠지만 정작 자신의 아이들이 아프거나 힘들어할 경우 당장 어떤 조치를 취해야 할지 당황 게 분명했다.

때문에 미리 한서영과 김동하와 같은 든든한 배경을 만들어두려는 것이다.

특히 김동하의 입에서 흘러나오던 그 표현하기조차 어려운 천능의 권능을 보고 난 이후 더더욱 한서영과 김동하에게 친분을 쌓고 싶은 심정이었다.

아무리 많은 돈과 아무리 많은 인맥을 가지고 있다고 해도 한서영이나 김동하와 같은 사람과 인연을 맺는 것은 천운이 아니라면 불가능하다고 생각한 윤소정이다.

윤소정이 웃었다.

"그러고 보니 경황이 없어 아직 두 분의 이름조차 외우지 못하고 있었네요. 전 윤소정이라고 해요. 나이는 올해 30살이고요. 아시다시피 공항에서 두 분이 살려주신 한국항공의 윤태성 회장님이 저의 아빠고요."

윤소정은 한서영과 김동하가 스스로 이름을 밝혔음에도
아버지인 윤태성 회장이 쓰러진 것에 충격을 받아 그것을
기억하지 못할 정도로 패닉에 빠져 있었다.

한서영이 부드럽게 웃었다.

"한서영이에요. 30살이라면 저보다 언니시네요. 전 26
살이에요."

말을 마친 한서영이 김동하를 돌아보았다.

"그리고 이 사람은……."

한서영은 김동하의 이름을 말하는 것은 어렵지 않지만
나이를 말해주는 것이 약간 꺼림칙했다.

김동하의 나이는 고작 18살이라는 것을 밝히는 것이 부
담스러웠던 것이다.

그런 한서영의 마음을 알고 있는 것인지 김동하가 먼저
입을 열었다.

"김동합니다."

김동하는 아예 자신의 나이를 말하지 않았다.

하지만 윤소정은 나이 따위는 전혀 상관하지 않았다.

윤소정이 웃으면서 다시 가볍게 이마를 숙였다.

"감사해요. 이렇게 두 분이랑 같이 함께 있으니 너무나
마음이 든든해지네요."

미소를 머금고 한서영과 김동하를 바라보던 윤소정이 부

드러운 표정으로 입을 열었다.

"아마 앞으로 언제든지 두 분께서는 한국항공의 항공편을 마음대로 이용하실 수 있을 거예요. 아빠가 그렇게 조처를 해놓을 것이 분명하니까요."

윤소정은 아버지인 윤태성 회장이 생명의 은인인 한서영과 김동하라면 어떤 조건이든 한국항공의 항공편에 대해서만큼은 언제든 이용이 가능하게 편의를 봐 줄 것이라고 예상했다.

은혜는 곱절로 돌려주고 원수는 받은 만큼 응징한다는 원칙이 있었다.

지금의 한국항공을 대한민국 최고의 항공그룹으로 이끌어 온 것도 그런 아버지의 가치관에 바탕을 두고 있다는 것을 누구보다 잘 알고 있는 윤소정이었다.

한서영은 윤소정이 체면상 그렇게 말하는 것이라고 생각할 뿐 그것에 의미를 두고 싶은 생각은 없었다.

다만 윤태성 회장의 갑작스런 변고로 인해 예정했던 2시발 에어아메리카 항공소속의 비행기를 타지 못했던 것을 4시 출발 한국항공 소속의 비행기로 바꾸어 타게 된 것과 그것도 비즈니스석이 아닌 퍼스트클래스의 좌석으로 배정받게 된 것만으로 충분히 보상을 받았다고 생각하고 있었다.

윤소정이 한서영과 김동하를 보며 묘한 미소를 머금었다.

"그러고 보니 두 분이 참으로 잘 어울리시네요. 보고 있으면 보는 사람조차 달콤한 느낌이 드는걸요."

윤소정은 한서영과 김동하가 어울리는 젊은 부부라고 생각했다.

자신은 비록 이혼을 했지만 한서영과 김동하 부부를 보면 자신이 처한 상황을 잊을 정도로 달콤하게 느껴졌다.

한서영의 얼굴이 살짝 붉어졌다.

한서영이 얼굴을 붉히는 것을 본 윤소정이 웃으면서 입을 열었다.

"호호, 오붓한 두 분의 시간을 제가 방해한 것 같네요. 이제 방해하지 않을 테니 도착할 때까지 편히 쉬세요."

한서영이 미소로 대답했다.

"고마워요."

"그럼 나중에 내릴 때 다시 만나요."

말을 마친 윤소정이 가볍게 손을 들어 보이고 난 이후 이내 두 쌍둥이 아들이 새근새근 잠들어 있는 본인의 좌석으로 다시 돌아갔다.

윤소정이 돌아가자 한서영이 살짝 한숨을 쉬었다.

김동하 역시 윤소정이 돌아가는 모습을 물끄러미 바라보았다.

"고집이 있지만 성정이 올바른 사람입니다. 무슨 일이든 결단을 내리기 까지는 많이 고민하고 번뇌하겠지만 한

번 내려진 결정에는 번복이나 후회를 하지 않을 정도로 매섭고 단호할 정도의 강단을 가진 분입니다. 역시 공항에서 천명을 그분의 돌려준 그분과 같은 성격을 가지고 있으십니다. 누님이 연을 맺어 두어도 나쁘지 않을 분입니다."

김동하의 말에 한서영이 김동하를 돌아보았다.

"이젠 관상까지 볼 줄 아는 거야?"

한서영의 눈이 동그랗게 치켜떠졌다.

김동하가 웃었다.

"무량기가 일정수준을 넘어서자 제가 의도하지 않아도 상대의 기감이 읽혀집니다. 뭐 누님의 말대로라면 어떤 사람이든 저와 대면하는 것만으로 좋은 사람인지 나쁜 사람인지 저절로 알게 된다는 말입니다. 하하."

"그래?"

한서영의 눈이 반짝였다.

그러다 생각난 듯 눈을 치켜떴다.

"참! 아까 뭐라고 했어? 뭐 그 스튜디어스가 어쨌다고?"

그제야 자신이 조금 전 왜 소리를 지른 것인지 깨달은 한서영이었다.

한서영이 따지듯 김동하의 코앞으로 얼굴을 들이밀었다.

"눈매가 아주 아름다웠다고? 단정한 머릿결과 단아해 보이는 자태가 어쨌다고? 나랑 대조적이어서 뭐가 어쨌다고? 다시 말해봐. 응? 응?"

마치 도발하듯 김동하를 노려보는 한서영의 눈매가 매서
웠다.

한서영이 코앞으로 자신의 얼굴을 들이밀자 김동하의 콧
속으로 물씬 한서영의 체향이 밀려들었다.

마치 꽃의 향기와 같은 달콤한 향기였다.

김동하의 얼굴이 살짝 붉어졌다.

김동하가 자신도 모르게 흠칫 머리를 뒤로 젖혔다.

한서영의 얼굴이 물러서는 김동하의 얼굴을 더욱 가까이
 아오고 있었다.

그리고 그것은 마치 한서영이 김동하를 유혹하는 듯한
기묘한 상황을 만들어냈다.

한서영은 김동하가 당황하는 모습을 보며 속으로 웃고
있었다.

자신이 다가가자 얼굴까지 새빨갛게 달아오르는 것이 너
무나 통쾌하고 재미가 있었다.

"그, 그게……."

한서영이 도발적인 표정으로 김동하를 노려보았다.

"그래서 어떡할 건데? 응? 그 아가씨가 나보다 좋다는
거야? 빨리 말해. 빨리."

마치 어린아이가 떼를 쓰는 듯 김동하의 코앞까지 얼굴
을 들이민 한서영의 눈빛이 보석처럼 반짝이고 있었다.

김동하가 허둥거렸다.

"그게, 그게 아니라… 서영누님이 더 예쁜데…….'"

김동하는 자신이 무슨 말을 하고 있는 것인지도 잊어버릴 정도로 허둥거렸다.

한서영이 코웃음을 쳤다.

"흥! 나보다 예쁘다면서? 나랑 대조되어 인상적이라면서?"

한서영의 손이 김동하의 팔뚝을 다시 꼬집었다.

한서영의 도발에 결국 김동하가 자신도 모르게 눈을 질끈 감았다.

눈을 뜨고 있다간 자신도 모르게 끌어안아 버릴 것 같은 도발적인 한서영 모습 때문이었다.

더구나 코끝으로 느껴지는 한서영의 체향은 지금까지 단한 번도 여자를 안아본 적이 없었던 김동하라고 해도 무너질 수 있을 정도로 치명적이었다.

한서영이 눈을 감은 김동하를 바라보며 이를 드러내며 웃었다.

하얗게 웃는 한서영의 입에서 상큼한 과일향이 흘러나와 다시 한번 김동하의 콧속으로 흘러들었다.

한서영은 자신의 태도에 당황하는 김동하가 귀엽기도 했고 사랑스럽게 느껴지기도 했다.

매번 자신의 이런 행동에 어쩔 줄 모르고 어린아이처럼

당황하는 김동하였기에 이런 장난을 멈출 수가 없는지도 몰랐다.

"앞으로 또 그럴 거야?"

한서영이 김동하의 팔을 연신 꼬집으며 재촉했다.

김동하가 눈을 감은 채 머리를 흔들었다.

"아, 아닙니다. 제가 잘못했습니다."

한서영이 재촉하듯 다시 물었다.

"또 다른 여자 쳐다볼 거야? 응? 응?"

김동하가 재빨리 머리를 저었다.

"저, 절대 그러지 않겠습니다."

어느새 봉긋한 한서영의 가슴이 김동하의 한쪽 팔에 찰싹 달라붙어 있었다.

물컹거리는 기묘한 느낌에 김동하의 몸이 부르르 떨렸다.

그로서는 난생 처음 경험해보는, 꿈에서도 잊을 수 없을 것 같은 미묘한 감촉이다.

처음 한서영과 욕실에서 처음 만났을 때 한서영의 나신도 보고 정신을 잃고 까무러친 한서영을 안아주기도 했지만 그때의 감각과는 전혀 다른 느낌이었기에 김동하는 무척이나 허둥거리고 있었다.

눈을 질끈 감은 채 살짝 진땀까지 흘리며 당황하는 김동하의 모습을 본 한서영이 혀를 살짝 내밀며 웃었다.

눈을 감고 있는 김동하로서는 한서영의 지금 모습을 보지도 못했다.

한서영이 다짐을 받듯 김동하의 코끝에 이마를 들이밀며 입을 열었다.

"앞으로 내 앞에서 다른 여자 얼굴을 보기만 해 봐. 그땐 진짜 가만두지 않을 거야. 알았어?"

끄덕끄덕.

김동하가 정신없이 머리를 끄덕였다.

대답을 들은 한서영이 자신의 코앞에 놓여 있는 김동하의 얼굴을 바라보았다.

신의 능력이라고 알려진 천능의 권명을 가진 남자이자 수십 명의 나쁜 사람을 처리할 때 보여주었던 그 냉정하고 무서운 사신과 같은 힘을 가진 남자이지만 지금의 김동하는 마치 어린아이처럼 순수하고 단순해 보이기만 했다.

이런 착하고 순수한 남자가 자신이 선택한 남자라는 것에 한서영은 저절로 입가에 미소가 떠올랐다.

한서영은 자신도 모르게 김동하의 입술에 살짝 자신의 입술을 가져다 대었다.

키스와 같은 것이 아닌 그저 단순한 입맞춤이었다.

하지만 한서영이 김동하의 입술에 입을 맞추는 순간, 눈을 감고 있던 김동하도 마치 돌이 되어버린 듯 한순간 꼼짝도 하지 못했다.

정작 입술을 맞춘 한서영도 자신의 돌발스러운 행동에 놀랐는지 눈을 동그랗게 떴다.

한서영으로서도 태어나서 누군가와 입을 맞추어 보는 것은 처음이었다.

모두가 잠이 든 듯 조용한 퍼스트클래스석에서 일어난 생각지 못한 상황이었다.

한서영이 당황한 듯 재빨리 입을 떼고 자신의 좌석에서 누워 눈을 질끈 감았다.

행여 김동하가 눈을 뜬다면 자신의 새빨갛게 달아오른 얼굴을 들키게 될 것 같아 아예 눈을 감아버린 것이다.

한서영이 눈을 감자 그제야 김동하가 눈을 떴다.

김동하의 눈이 흔들리고 있었다.

'뭐였지? 세상에서 처음으로 느끼는 부드러운 느낌이었어.'

김동하는 마치 영원히 눈을 뜨지 않을 것처럼 질끈 눈에 힘을 감고 누워버린 한서영을 바라보았다.

김동하가 자신도 모르게 조금 전 그 달콤한 감촉이 느껴졌던 자신의 입술을 손끝으로 만졌다.

마치 꿈결처럼 지나간 감촉이었지만 김동하는 그 느낌을 절대로 잊을 수가 없었다.

'처음이었어. 그게 서영누님의 입술이었던가?'

김동하는 눈을 감고 있는 한서영의 얼굴과 그녀의 촉촉

한 입술을 바라보았다.

눈을 감고 있었지만 김동하가 자신의 얼굴을 보고 있다는 것을 감각으로 느낀 것인지 한서영의 얼굴이 더욱 붉어졌다.

위이이이이이이잉—

퍼스트클래스의 객실 안에는 조금 전까지 소곤대며 대화를 나누던 김동하와 한서영의 대화가 끊어진 것을 증명하듯 희미한 엔진음이 끊임없이 들렸다.

한순간 김동하는 자신이 조선시대에서 이곳으로 넘어와 한서영을 만나게 된 것이 어쩌면 하늘이 자신에게 내려준 또 하나의 축복일지도 모른다는 생각이 들었다.

발갛게 달아오른 채 눈을 질끈 감고 있는 한서영의 얼굴을 바라보는 김동하의 입가에 너무나 부드럽고 행복해 보이는 미소가 떠올랐다.

뉴욕으로 향하는 한국항공의 비행기는 이제 하얀 구름 사이로 푸른 바다가 깔려 있는 이국의 서쪽하늘을 너무나 순탄하게 날아가고 있었다.

단 한 번의 단순한 입맞춤이었지만 김동하는 난생 처음으로 경험해본 그 달콤한 감각을 잊을 수가 없었기에 잠들지 못하고 있었다.

그에 비해서 기습적으로 김동하에게 입맞춤을 선물해준 한서영은 처음에는 자신조차도 부끄러운 상황에 눈을 감고 잠든 척 누웠다가 그대로 잠이 들어버렸다.

고른 숨소리를 흘리며 곤하게 잠든 자신의 아내가 될 한서영과는 달리 김동하는 한동안 한서영의 얼굴을 바라보고 있기만 했다.

그럼에도 김동하는 지금 이 순간이 참으로 행복하기만 했다.

한동안 한서영의 얼굴을 지켜보고 있던 김동하가 잠시 시선을 돌려 창밖을 바라보았다.

여전히 구름 위를 날고 있는 비행기의 창밖으로는 솜처럼 부드러운 구름이 끝이 없는 운해처럼 펼쳐져 있었다.

포식자의 땅

　푸른 잔디가 덮인 정원 위로 산들바람이 스쳐가고 있었
다.

　열린 창문 옆으로 내려진 하얀 커튼이 정원을 스쳐온 산
들바람에 마치 홀로 무대 위에서 춤을 추는 무희의 손끝처
럼 살랑거리며 방 안의 정적을 지웠다.

　천정이 높은 방의 한가운데는 큼직한 선풍기가 천천히
회전하면서 또 다른 바람을 아래쪽으로 밀어냈다.

　창문가에 있는 백색의 큰 침대 위에는 머리가 하얗게 세어
버린 벽안의 노인이 깡마른 얼굴로 눈을 감고 누워 있었다.

　핏줄이 선명하게 드러난 노인의 팔에는 보는 것만으로도

고통스럽게 느껴지는 링거주사가 혈관에 박혀 있었다.

투명한 링거 병에서 맑은 액체가 아래로 떨어져 내리며 노인의 몸속으로 수액을 밀어 넣었다.

노인은 무척 파리한 모습이었다.

움푹 꺼진 눈자위에, 살짝 벌어진 채 희미하게 숨을 내쉬고 있는 노인의 입술은 꺼칠하게 메말라 있었다.

마치 시체처럼 깡마른 얼굴에는 핏기도 보이지 않았다.

콧구멍으로 넣은 산소용 튜브관이 없다면 금방이라도 숨이 끊어질 것 같은 위중한 모습이었다.

삑삑삑―

노인의 몸에 연결된 센스튜브와 이어진 계측기에서 규칙적인 신호가 들려왔다. 그것만이 침대 위의 노인이 아직은 살아 있음을 증명하고 있었다.

오후 3시.

한낮의 열기가 정원에서 방 안으로 스며들었지만 누구도 문을 닫을 생각을 하지 않았다.

일부러 노인을 방치하는 듯한 착각마저 들 정도였다.

찌르륵.

찌르륵.

정원의 한쪽에 심어놓은 개암나무 덤불 속에서 매미가 마지막 남은 힘을 쥐어짜듯 울어대고 있는 오후였다.

딸칵.

노인이 누워 있는 방의 입구가 열리면서 흰색의 가운을 걸친 40대의 여인이 안으로 들어섰다.

여인의 손에는 은색의 철제상자가 들려 있었다.

상자 속에는 주사기와 몇 개의 주사용 앰플 그리고 거즈와 소독약 등이 담겨 있었다.

노크소리도 없이 방으로 들어선 흰색 가운의 여인은 힐끗 노인이 누워 있는 침대를 바라보다가 시선을 벽 쪽으로 돌렸다. 여인의 파란 눈이 벽에 놓인 계측기의 숫자를 확인했다.

매번 하는 일인 듯 여인의 행동에는 망설임이 없었다.

숫자를 확인한 여인이 다시 침대 위의 노인을 바라보며 천천히 다가섰다.

"심박과 혈압은 더 떨어지지 않네요, 회장님! 다행이에요."

마치 노인이 자신의 말을 듣고 있다는 듯이 노인에게 부드럽게 말을 거는 여인이었다.

여인은 가져온 철제상자를 노인의 팔 곁에 잠시 내려놓고 침대 한쪽에 배치된 체크표에 조금 전에 자신이 확인한 계측기의 숫자를 적어 넣었다. 자신의 손목시계를 확인하고 나서 시간까지 정확하게 기입했다.

이내 검진표를 다시 제자리로 돌려놓은 여인이 노인의 곁으로 다가갔다.

여인의 입가에 부드러운 미소가 떠올라 있었다.

눈을 감고 누워 있는 노인으로서는 여인의 미소를 볼 수가 없었지만 여인의 행동은 무척이나 다정하고 부드러웠다.

"존슨 박사님이 처방한 약이에요. 숨쉬기가 편해지실 것이라고 했으니 곧 좋아지실 거예요."

말을 마친 여인이 노인의 팔목에 꽂혀 있는 링거의 튜브에 주사기를 살짝 연결했다.

주사액을 주입하는 여인의 표정은 무척 따뜻했다. 이내 여인이 다시 주사기를 회수하고 다시 철제상자에 내려놓았다. 이후 거즈를 집어 들고 노인의 얼굴을 세심하게 닦기 시작했다. 여인의 목소리가 부드럽게 울렸다.

"반드시 꼭 회복하실 거예요. 그래서 로빈 부회장님이 레이얼을 파산시키는 것을 막아주셔야 해요 회장님."

여인의 목소리가 참 슬프게 들렸다.

눈을 감은 노인과 대화를 하듯 도란도란 속삭이는 여인의 목소리는 참으로 듣기 좋은 느낌이었다.

제니스 엘리언.

지금 침대 위에 누운 노인의 곁에서 30년 이상을 노인을 보살펴왔던 여인이 바로 그녀였다.

침대에 누운 노인은 세계 3대 초정밀 첨단계측기 전문기업인 레이얼 시스템의 토마스 레이얼 회장이었다.

올해 65세지만 토마스 레이얼 회장은 마치 70대의 노인

처럼 너무나 앙상하게 늙어버린 모습이었다.

혈액암 판정을 받고 병상에 누운 지 벌써 1년이 넘어갔다. 날이 갈수록 토마스 레이얼 회장은 회복은커녕 점점 상태가 좋지 않은 쪽으로 진행되고 있었다.

토마스 레이얼 회장의 주치의인 존슨 맥커드 박사는 앞으로 3달 이상을 버티지 못할지도 모른다고 진단하고 회장의 치료하는 것에도 의욕을 잃은 상황이었다.

아직까지는 토마스 레이얼 회장의 부인 안젤리나와 딸 에이미가 회장이 회복할 수 있다는 희망을 버리지 않고 있었기에 치료를 이어가고 있을 뿐이었다.

하지만 레이얼 시스템의 임원들이나 말단직원까지 토마스 레이얼 회장이 다시는 회복하지 못할 것이라고 생각했다. 아무리 첨단기계와 최고의 의약품으로 치료를 한다지만, 현대에 와서도 말기에 이를 정도로 극악의 병세가 진행된 혈액암을 치료했다는 의료기록은 이 지구를 몽땅 뒤져도 결코 찾을 수 없었다.

말기의 혈액암은 말 그대로 사형선고나 마찬가지였다.

단지 바랄 수 있는 것은 신이 내려준 기적일 뿐이라는 것에 토마스 레이얼 회장을 치료하는 사람들까지 점차 지쳐갔다.

거즈로 토마스 레이얼 회장의 얼굴을 꼼꼼하게 닦아낸 제니스 엘리언이 다시 철제상자를 들고 몸을 일으켰다.

제니스 엘리언이 잠든 것처럼 눈을 감고 누워 있는 토마스 레이얼 회장을 보며 나직하고 부드럽게 입을 열었다.

"회장님이 좋아하시는 음악을 틀어놓을게요. 잘 주무셔요, 회장님."

말을 마친 제니스 엘리언이 방의 한쪽으로 걸어갔다.

토마스 레이얼 회장이 평소 즐겨듣던 클래식 음반 위에 카트리지 핀을 걸어놓고 그녀가 다시 방을 빠져나갔다. 방 안에는 너무나 부드럽고 고요한 음악이 흐르기 시작했다.

아무도 없는 방에 음악이 흐르고 있었지만 잠을 자는 듯한 모습의 토마스 레이얼 회장이 음악을 듣는지 확인할 사람은 없었다. 음악소리가 흐르기 시작하자 노인의 몸에 연결된 계측기의 규칙적인 신호음이 희미하게 숨어버린 느낌이 들었다.

찌르르르륵—

찌르르르륵—

이내 다시 개암나무의 덤불에 숨어서 울어대던 매미의 울음소리가 음악소리와 묘한 조화를 이루며 방 안으로 흘러들었다.

똑똑.

문에서 노크소리가 들리자 깔끔한 감색의 아르마니 양복을 걸친 초로의 사내가 머리를 들어올렸다.

푸른색의 와이셔츠의 매듭에 황금색의 고리핀이 박힌 남자의 눈은 무척이나 날카롭게 보였다.

"들어와."

초로의 사내가 던지듯 말을 흘리자 이내 문이 열리며 30대의 남자가 방 안으로 들어섰다.

방 안은 무척이나 넓었다. 입구에서 사내가 앉은 책상까지는 거의 10m 이상 떨어져 있었고, 책상 앞에는 갈색의 마호가니 테이블이 놓여 있었다.

테이블의 좌우로 앉으면 온몸이 묻혀버릴 것 같은 푹신한 쿠션의 의자 4개가 마치 장식물처럼 놓여 있었다.

방으로 들어선 사내가 안쪽의 마호가니 책상에 앉아 있는 사내를 바라보며 성큼 걸음을 옮겼다.

"다녀왔습니다. 아버지."

30대의 사내가 기분 좋은 듯 미소를 흘리며 초로의 사내를 향해 다가섰다.

책상에 앉아서 무언가를 결재하고 있던 초로의 사내가 손에 들고 있던 황금색의 만년필을 힐끗 보다 이내 만년필의 뚜껑을 닫아서 내려놓았다.

초로의 사내가 머리를 들었다.

"제의에 응한다는 확답은 받았느냐?"

초로의 사내는 현 레이얼 시스템의 부회장이자 지금 혈액암으로 투병 중인 토마스 레이얼 회장의 동생인 로빈 레이얼이었다. 그리고 방금 방으로 들어선 사람은 로빈 레이얼 부회장의 아들 듀크 레이얼이었다.

듀크 레이얼은 6개월 전 다니고 있던 퍼시픽 투자회사의 유럽담당매니저라는 자리를 박차고 아버지인 로빈 레이얼의 지시로 레이얼 시스템 구조조정 본부장으로 발탁된 인물이다.

레이얼 시스템의 부회장인 로빈 레이얼은 형인 토마스 레이얼 회장과는 달리 상당히 집요하고 치밀한 성격을 가진 사람이었다. 그는 레이얼 시스템의 임직원을 비롯해 해외거래처의 주 고객으로부터 상당한 신뢰를 받고 있는 친형인 토마스 레이얼 회장에 비해 자신의 입지가 상당히 좁다는 것을 너무나 잘 알고 있었다.

그렇기에 형이 투병 중인 상황에서 자신이 가장 신뢰할 수 있는 사람으로 자신의 아들인 듀크 레이얼을 발탁한 것이다.

그가 은밀하게 진행 중인 일을 아무런 잡음 없이 해결하기 위해서는 무엇보다 내부의 반발을 아예 발본색원해야 한다. 그런 계산이 아들을 발탁한 이유였다.

아버지 로빈 레이얼의 부탁으로 자신이 다니던 퍼시픽 금융그룹을 떠난 듀크 레이얼은 아버지의 뜻대로 구조조정 본부장이라는 그야말로 레이얼 시스템의 인사권을 단숨에 장악했다. 동시에 자신의 아버지에게 협조적이지 않고 반기를 들 가능성이 있는 임직원들부터 하나씩 제거해

나가기 시작했다.

듀크 레이얼이 레이얼 시스템의 구조조정 본부장으로 선임된 순간부터 자의든 타의든 반 강제적으로 레이얼 시스템을 떠나야 했던 임직원들이 벌써 수십 명에 이를 정도였다.

지금은 아예 해고통지를 받기 전에 스스로 떠나는 것을 결정하는 사람들이 늘어나고 있었다.

로빈 레이얼이 아들을 영입한 효과는 그야말로 로빈 레이얼 부회장의 음흉한(?) 계략에 순풍에 돛을 단 격이 되었다.

아들 듀크 레이얼이 자신을 바라보자 로빈 레이얼이 자리에서 일어섰다. 1년 전만 해도 형인 토마스 레이얼 회장이 앉아 있었던 책상과 의자는 오래전에 로빈 레이얼 부회장의 차지가 되어 있었다. 로빈 레이얼이 책상을 돌아 나와 책상 앞의 테이블 소파에 앉았다.

"어찌 진행이 되고 있는 것인지 설명해 보겠느냐?"

로빈 레이얼이 소파에 앉자 듀크 레이얼이 아버지의 맞은편에 앉았다.

"일단 일본의 구와정밀과 하치네 제작소에서 매각입찰에 합류하기로 했습니다. 아버지의 말씀대로 최소 입찰가로 100억불 이상이라고 제안했고 낙찰이 확실하게 이루어진다면 10%의 커미션을 따로 제공할 것이라고 언급했지요."

아들의 말에 로빈 레이얼이 빙그레 웃었다.

"일본의 구와정밀과 하치네 제작소가 참가하면 입찰에
참가할 곳이 모두 몇 곳이냐?"

듀크 레이얼이 지체 없이 대답했다.

"구와정밀과 하치네 제작소를 비롯하여 독일의 브란츠
정밀, 하켈 시스템, 프랑스의 릭스 우주항공, 그리고 샌프
란시스코의 플랙스 연구소가 참가하게 됩니다. 모두 6곳
입니다 아버지."

로빈 레이얼이 이를 드러내고 웃었다.

듀크 레이얼이 마치 속이 시원하다는 표정으로 로빈 레
이얼을 바라보았다.

"훗! 그 정도면 충분하다. 일본을 제외하고는 고작 4곳
이 참가하겠다고 해서 불안했는데 잘된 일이야. 레이얼이
라는 브랜드 가치만으로도 그들에게는 상당히 좋은 먹잇
감이 될 텐데 경쟁이 심해져야 가치가 더 올라가니 나쁘지
않다. 최소 100억불의 입찰가로 시작한다고 하지만 매각
이 진행되면 서로 경쟁이 시작되어 최하 400억불 이상의
매각가격으로 거래가 이루어질 것이다. 커미션을 제한다
고 해도 수백억불의 이익이 주어지니 누가 박이 터지든 우
린 상관없는 일이다. 그것으로 로빈금융그룹의 모태가 되
면 그만이니까."

"큰어머니이신 안젤리나 숙모님과 에이미가 조금 마음

에 걸립니다. 아버지."

큰아버지인 토마스 레이얼 회장의 부인인 안젤리나 레이얼과 사촌여동생인 에이미 레이얼이 잠깐 마음에 걸린 듀크 레이얼이었다.

로빈 레이얼이 싱긋 웃었다.

"평생 회사일이라는 것을 해본 적이 없는 형수와 조카인데 뭘 그리 걱정하느냐? 두 사람에게 평생 살아갈 만큼의 돈을 주면 그것으로 모든 인연을 끝낼 수 있다. 형이 없다면 나와는 타인이라고 해도 좋을 사람들이니 네가 걱정할 필요는 없어."

"두 사람에게 얼마를 건네시려고요?"

로빈 레이얼이 차갑게 웃었다.

"그래도 형이 남겨놓은 식솔이니 적게 남겨주면 모질다고 할 것 같아 형수와 조카의 몫으로 1억불과 5천만불 정도로 생각하고 있다. 그 정도라면 평생 쓰고도 남을 테니 모자라진 않을 것이다. 더 욕심을 부린다면 그것도 줄여버리겠다고 하면 어쩔 수 없이 받아들일 것이다."

로빈 레이얼의 입가에 서늘한 미소가 떠올랐다.

자신은 회사를 매각하는 수백억불의 이익을 챙기는 것도 조금 모자란다는 느낌을 가졌으면서, 레이얼 시스템을 창업해서 지금까지 키워오고 세계 3대 톱브랜드로 성장시켜놓은 형의 가족에게는 그나마 조금이라도 더 내어주는 것이 아까웠다.

듀크 레이얼이 아버지 로빈 레어얼을 바라보았다.

"그럼 이제 천천히 맨해튼에 준비해 놓은 프로젝트를 시작해도 되겠습니까?"

듀크 레이얼의 말에 로빈 레이얼이 이를 드러내고 웃었다.

"물론이다. 이제 매각은 거의 확실해진 셈이니 더 이상 늦출 필요는 없겠지."

듀크 레이얼이 머리를 끄덕였다.

"알겠습니다. 그럼 S&P 투자와 아메리칸 투자 그리고 퍼시픽 투자에 로빈투자금융이라는 이름으로 계획했던 선물투자를 진행하겠습니다."

아직 로빈투자금융이라는 회사는 맨해튼에서도 생소한 이름이었다.

하지만 로빈투자금융에서 다방면으로 상당히 큰 투자를 진행한다면 단숨에 맨해튼에서도 상당히 주목을 받을 것이 분명했다.

"처음에는 각각 10억 달러씩 정도로 분산해서 투자하는 것이 좋을 것이다. 투자에 이익을 내는 것 보다는 로빈투자금융이라는 이름을 알리는 것이 목적이니 말이다."

"알겠습니다."

로빈 레이얼은 자신의 이름을 딴 로빈투자금융이 단숨에

맨해튼에서 최고의 황금칩을 가진 곳으로 주목받는 꿈에
가슴이 설레고 있었다.

"그럼 그렇게 진행하도록 하겠습니다."

아들의 말에 로빈 레이얼이 흔쾌히 대답했다.

"그렇게 해."

아버지의 허락을 받았으니 이제 거칠 것은 없었다.

막 몸을 일으키려던 듀크 레이얼이 잊을 뻔했다는 듯이
머리를 돌려 아버지를 바라보았다.

"참! 아시아 쪽 사업을 정리하려다 담당이사인 데니얼 엘
트먼 이사가 현재 아시아 쪽으로 출장 중이더군요. 아시아
쪽과 맺은 협력사 계약을 해지할 생각이었는데 그쪽의 담당
이 바로 데니얼 엘트먼 이사라서 업무를 처리하기가 좀 곤
란합니다. 담당 책임자 선에서 정리가 되어야 깔끔한데, 엘
트먼 이사가 부재중인 상황에서 제가 독단으로 처리하면 아
시아 쪽에서 클레임을 걸어올 가능성이 있어서 말입니다."

로빈 레이얼이 이마를 찌푸렸다.

"아시아 쪽의 비즈니스 거래처가 어느 곳이지?"

듀크 레이얼이 입을 열었다.

"규모는 그다지 크지 않지만 한국의 서진무역이라는 곳
과 연 1,000만 불 정도의 거래규모를 가지고 있습니다. 뭐
한국 측에서 클레임을 걸어온다면 결국 소송으로 진행될
것인데 그럴 경우 레이얼 시스템의 매각경매에 문제가 생

길 수 있습니다. 더구나 한국의 서진무역이라는 곳이 레이얼 시스템의 아시아 지역 서비스대행을 위탁받고 있는 곳이기에 소송에서도 유리하게 작용할 것이고 말입니다.”

“흠!”

아들의 보고에 듀크 레이얼이 이마를 잠시 찌푸렸다.

“데니얼 엘트먼 이사가 언제 돌아오지?”

“복귀 일정은 미정입니다. 예전에 큰아버지가 투병 전에 중국 측과 협의한 비즈니스를 진행하기 위해 떠났다고 하더군요. 언제 돌아올지 모르는 일이고, 당장에 그 사람을 해고한다고 해도 시스템 설계팀과 기술자 팀에서 내부반발이 제법 있을 것 같습니다.”

로빈 레이얼이 차갑게 웃었다.

“상관없어. 그자가 귀국하는 즉시 해임통보를 보내고 직위 해제시켜. 어차피 그자 역시 형의 편이지 내 편은 아니자니까. 새로 만들 로빈금융투자회사에는 그런 고리타분한 기술자 따위는 필요하지 않으니 차라리 이 기회에 잘라버리는 것이 좋겠지. 그리고 아시아 쪽의 계약 건에 대한 문제는 새로 레이얼 시스템의 인수자에게 연결시키고 끝내는 것이 좋겠다. 우리로서는 괜히 건드려서 문제를 만들 이유는 없으니까 말이야.”

레이얼 시스템과 맺어진 예전의 계약은 한쪽에서 일방적으로 해지할 수 없도록 되어 있었다.

회사를 매각하려는 로빈 레이얼로서는 비록 작은 거래규모이긴 하지만 한국과의 계약파기로 문제를 만들 필요는 없다고 단순하게 생각했다. 새로 레이얼 시스템을 인수한 기업이 새로 계약을 하든 파기를 하든 그쪽에서 결정하게 만들면 그만이라고 생각한 것이다.

듀크 레이얼이 머리를 숙였다.

"알겠습니다."

"로빈투자금융의 첫발이 시작되었으니 잘해 봐. 그리고 맨핸튼에 좋은 위치에 새롭게 로빈투자금융의 사옥이 들어설 것이니 잘 찾아보도록 해."

로빈 레이얼의 지시에 듀크 레이얼이 머리를 숙였다.

"찾아보지요."

"튼튼하고 화려한 놈으로 골라야 한다. 내 명성이 어울리는 놈으로 말이다. 하하."

로빈 레이얼은 자신의 이름이 큼직하게 박힌 거대한 빌딩에 자신이 꿈꾸던 거대한 금융그룹의 제국을 이룰 꿈에 가슴이 두근거리고 있었다.

이내 듀크 레이얼이 다시 방을 나갔다.

아들이 방을 나가자 로빈 레이얼이 길게 등을 기대며 소파에 파묻히듯 몸을 묻었다.

모든 것이 너무나 완벽하게 이루어지고 있었기에 마치 이 세상이 자신의 손에 든 것 같은 느낌이 들었다.

로빈 레이얼이 차가운 목소리로 중얼거렸다.

"고리타분한 기계 따위에 인생을 허비하다 쓸쓸하게 죽어가는 형과는 달리 난 제국을 이룰 거야. 영원히 무너지지 않을 나만의 제국 말이야. 하하."

진득하게 흘러나오는 로빈 레이얼의 목소리는 뉴욕의 늦여름에 질척이는 끈끈한 습기를 닮은 느낌이었다.

* * *

위이이이이잉.

비행기가 천천히 활강을 시작하며 활주로 위로 금방이라도 내려앉을 듯 낮게 날았다.

이내 비행기의 기체가 움찔하며 비행을 하고 있을 때는 느끼지 못했던, 한편으로는 익숙한 대지의 감각이 느껴지기 시작했다.

한서영이 눈을 반짝이며 창밖을 바라보며 속삭였다.

"여기가 세계에서 제일 큰 뉴욕이라는 도시야."

서울에서 14시간을 날아서 도착한 뉴욕은 이제 막 해가 서쪽으로 향하는 오후 5시가 살짝 넘어가고 있었다.

지금쯤 서울은 아침 7시를 넘었을 것이다.

빠르게 스쳐가는 뉴욕의 JFK 국제공항의 풍경은 너무나 이색적으로 김동하의 눈에 들어왔다.

김동하로서는 태어나서 처음으로 구경하는 풍경이었기에 눈에 비치는 모든 것이 생경하고 낯설었다.

착륙한 비행기의 속도가 빠르게 줄어들며 창밖으로 반원형의 철제구조물과 유류저장용 탱크들이 늘어 서 있는 모습이 천천히 스쳐갔다. 한쪽에 앉아 있던 데니얼 엘트먼 이사의 얼굴이 살짝 상기되어 있었다.

그는 생각지도 못하게 한국에서의 체류시간이 길어져서 애초에 예정했던 귀국일정과는 다른 날짜에 귀국했으니 감회가 남달랐다.

이내 비행기가 계류장에 천천히 진입하며 완전히 멈추어 섰다. 비행기가 완전히 멈춘 그때 한서영과 김동하가 앉아 있는 곳으로 윤소정이 다가왔다.

어느새 윤소정도 비행기에서 내릴 준비를 한 것인지 깔끔하게 옷을 모두 갖추어 입고 있었다.

14시간동안 하늘을 날아야 했기에 비행기에 타자마자 편한 복장으로 갈아입은 윤소정이지만 지금은 무척이나 깔끔한 복장으로 변해 있었다. 윤소정의 쌍둥이 아이들도 잠에서 깬 것인지 창에 달라붙어 창밖의 낯선 풍경에 눈을 동그랗게 뜨고 두리번거렸다. 한서영과 김동하에게 다가선 윤소정의 얼굴에는 미소가 떠올라 있었다.

"잘 주무셨나요?"

윤수정은 비행기를 타고 뉴욕으로 오던 중 도란도란 이

야기를 나누다가 나중에는 서로 머리를 기대고 잠을 자던 한서영과 김동하 커플이 참으로 행복하게 보였다.

그저 얼굴을 바라보는 것만으로도 보고 있는 사람까지 행복함이 느껴졌다. 그만큼 너무나 잘 어울리는 한서영과 김동하 커플이었기에 몰래 두 사람의 잠든 모습을 한동안 훔쳐보기도 했을 정도였다.

박영진과의 이혼으로 혼자가 되어버린 윤소정이었지만 한서영과 김동하 부부를 보면 자신의 불행했던 결혼생활까지 잊힐 정도로 행복함이 느껴졌다.

한서영이 살짝 웃었다.

"덕분에 좋은 자리에 앉아서 편하게 올 수가 있었어요."

윤소정이 이를 드러내고 웃더니 손에 들고 있던 지갑에서 무언가를 꺼내어 한서영에게 내밀었다.

한서영의 눈을 깜박이며 윤소정이 내미는 것을 받았다.

"이건……."

윤소정이 웃으면서 입을 열었다.

"뉴욕의 제 연락처예요. 아직 따로 개인적인 연락처는 만들지 못했지만 여기로 전화를 하시면 저에게 연결될 겁니다."

한서영이 내민 것은 한국항공의 뉴욕지사의 번호가 찍혀 있는 명함이었다. 이제 막 뉴욕에 도착했으니 따로 개인적인 연락처를 만들지는 못했기에 한국항공의 뉴욕지사의

번호가 적혀 있는 명함을 건넬 수밖에 없었다.

명함을 건넨 윤소정이 입을 열었다.

"두 분께서는 미국에 계시는 동안 계속 뉴욕에만 머무실 건가요?"

윤소정은 한서영과 김동하가 미국에 있는 동안 친분을 쌓아놓고 싶은 심정이었기에 미국에서 그들이 머물 곳이 궁금했다.

한국항공의 뉴욕지사 번호가 적힌 명함을 건네기는 했지만 한서영이나 김동하가 연락을 하지 않는다면 다시 만나는 것이 힘들 수도 있다. 그렇기에 꼭 연락처를 알고 싶은 윤소정이었다. 한서영이 대답했다.

"글쎄요. 레이얼 시스템의 토마스 레이얼 회장님을 만나야 하니까 아무래도 당분간은 뉴저지 쪽에 머물 것 같아요."

그때 비행기에서 내릴 준비를 마친 데니얼 엘트먼 이사가 다가왔다. 한서영이 생각난 듯 데니얼 엘트먼 이사를 보며 입을 열었다.

"참! 엘트먼 이사님, 우리가 머물 뉴저지의 연락처를 알수가 있을까요?"

한서영이나 김동하는 한국을 출발할 때 한국에서 사용하던 전화기를 아예 집에 두고 떠나왔기에 개인적인 연락처를 남기는 것도 불가능했다.

어쩔 수 없이 데니얼 엘트먼의 도움을 받아야 했다.

데니얼 엘트먼이 눈을 껌벅이다가 한서영의 앞에 서 있는 윤소정을 보며 크게 머리를 끄덕였다.

"아! 물론입니다."

데니얼 엘트먼은 한서영이 윤소정에게 미국에 머물 동안 연락처를 남길 것이라는 것을 단번에 눈치챘다.

데니얼 엘트먼이 재빨리 품속에서 명함지갑을 꺼내어서 명함을 한 장 뽑아서 한서영에게 내 밀었다.

데니얼 엘트먼의 개인전화와 사무실 전화의 번호가 새겨진 명함이었다.

한서영이 명함을 받아 윤소정에게 다시 건넸다.

"제 명함은 아니지만 이쪽으로 연락을 하면 우리와 연결이 될 거예요."

윤소정이 고마운 표정을 지으며 한서영이 다시 건네는 명함을 받았다.

"고마워요."

윤소정이 데니얼 엘트먼 이사에게도 고맙다는 눈인사를 건넸다. 데니얼 엘트먼이 빙긋 웃었다.

"닥터 한과 닥터킴의 곁에 항상 제가 있을 것이니 두 분께 연락을 하시려면 언제든 저에게 전화를 주시면 됩니다."

윤소정이 다시 정중하게 인사를 했다.

"귀찮게 해서 미안해요. 하지만 두 분에게 미국에 머무는 동안이라도 꼭 보답을 하고 싶어서 반드시 연락처를 알고 싶었어요."

밝은 표정으로 말하는 윤소정의 손에는 좀 전에 건넨 데니얼 엘트먼의 명함이 소중하게 꼭 쥐어져 있었다.

행여 명함을 잊어버린다면 다시 한서영과 김동하를 만나려면 애를 먹을 것이기에 아예 손에서 놓을 생각을 하지 않았다.

명함을 갈무리한 윤소정의 눈이 반짝이고 있었다.

데니얼 엘트먼이 이를 드러내고 웃었다.

"하하 당연합니다. 저 역시 닥터 한이나 닥터 김과 같은 분이라면 반드시 더 깊은 인연을 맺고 싶어 할 것이니까요."

데니얼 엘트먼은 윤소정의 마음을 충분히 헤아리고 있었다. 윤소정이 한서영과 김동하를 보며 입을 열었다.

"참! 이대로 바로 뉴욕으로 들어가실 거라면 한국항공에서 차량을 제공해 드릴 수도 있을 거예요. 아마 입국장 쪽에 우리 한국항공의 직원들이 마중을 나왔을 테니 세 분을 뉴저지까지 모셔다 드릴 수 있을 겁니다."

JFK공항에서 뉴욕의 맨해튼 중심가 까지는 25km 정도 떨어져 있었기에 차량을 타고 이동해야 했다.

데니얼 엘트먼이 웃었다.

"하하 그럴 필요 없습니다. 출국하기 전에 제 차를 공항에 가져다 놓았으니 그것을 이용하면 됩니다. 그리고 닥터 한과 닥터 김이 미국에 도착한 순간부터는 제 손님이니 제가 두 분을 모시는 것이 당연하지요."

"호호. 제가 두 분과 조금이라도 더 같이 있고 싶어 욕심을 부린 거예요."

윤소정이 웃으면서 다시 한서영과 김동하를 보며 입을 열었다.

"그럼 두 분을 다시 뵐 때까지 즐거운 시간이 되시기를 바랍니다."

비행기 안에서의 작별인사였다.

한서영과 김동하가 마주 인사를 했다. 윤소정이 두 사람에게 다시 정중하게 이마를 숙인 후 창가에 달라붙어 있는 두 쌍둥이들에게 돌아갔다.

이미 일등석의 승객들이 비행기에서 하선하기 위해 주변을 지나가고 있었기에 비행기의 안이 약간 분주했다.

한서영과 김동하도 윤소정과 함께 비행기의 출구로 향했다. 입구 쪽에는 일등석을 담당하고 있던 승무원이 한서영과 김동하를 보며 인사를 했다.

"안녕히 가십시오."

한국항공의 윤태성 회장의 딸인 윤소정과 동행하던 손님이었기에 승무원의 인사는 몹시 정중했다.

한서영과 김동하가 잠시 목례를 하고 이내 계류트랩이

이어진 통로로 빠져나갔다. 아마 윤소정은 두 쌍둥이 아이들과 함께 제일 마지막에 비행기에서 내릴 것이다.

한서영과 김동하의 뒤를 약간 상기된 얼굴의 데니얼 엘트먼이 따르고 있었다.

데니얼 엘트먼은 한서영과 김동하라면 죽어가던 토마스 레이얼 회장이라도 다시 살아날 것을 확신했다. 때문에 두 사람과 함께 미국으로 돌아온 지금 가슴이 터질 듯이 두근거리고 있었다.

토마스 레이얼 회장이 회복한다면 회장의 동생인 로빈 레이얼 부회장의 레이얼 시스템을 공중분해 시키려는 계략은 수포가 된다. 또한 토마스 레이얼 회장이 다시 경영 일선으로 돌아오게 된다면 지지부진하게 이어지고 있던 미 항공우주국 나사와의 협업도 재개될 것이 분명했다.

그것은 레이얼 시스템의 또 다른 단계로의 진화를 의미하게 될 것이다.

한서영과 김동하의 뒤를 따르는 데니얼 엘트먼의 얼굴이 다시 상기되었다. 이내 세 사람이 입국심사를 마치고 짐을 찾은 뒤에 공항을 떠나 뉴저지로 향했다.

뉴욕의 늦여름 더위가 끈질긴 열기를 뿜어내고 있는 오후 4시가 막 지나고 있었다.

부우우우우웅—

뿌연 먼지를 뒤집어쓴 검은색의 캐딜락 승용차가 거친 엔진음을 토하며 뉴저지 스톤힐의 언덕길을 달려 올라가고 있었다.

한동안 공항의 주차장에 세워둔 데니얼 엘트먼 이사의 캐딜락 승용차에는 먼지가 뽀얗게 내려앉아 있었기에 외관으로 보면 무척 지저분한 모습이었다.

트렁크에 있는 먼지떨이로 먼지를 털어낼 수도 있지만 어쩐 일인지 데니얼 엘트먼은 차의 먼지를 털지도 않고 바로 차를 움직였다.

운전을 하고 있는 데니얼 엘트먼의 얼굴은 딱딱하게 굳어 있었다. 아직도 머릿속에서 비서인 제인 클로드의 목소리가 울리는 느낌이었다.

'구조조정본부에서 직권으로 엘트먼 이사님의 해임을 결정했어요. 저 역시 이사님이 귀국하는 즉시 이사님과 함께 해고결정이 내려졌고요. 어떡해요?'

제인 클로드는 울먹거리는 목소리로 말을 했다.

레이얼 시스템에서 자신의 개인 비서로 일한지 10년이 훨씬 넘었지만, 하루아침에 직장을 잃어야 하는 상황에 놓였기에 제인 클로드로서도 하늘이 무너지는 느낌이었을 것이다.

한서영과 김동하를 자신의 캐딜락에 태운 채 운전을 하

218

는 데니얼 엘트먼의 어금니가 꾸욱 깨물어졌다.

공항을 빠져나온 이후 공항에서 자신의 사무실로 자신이 귀국했다는 것을 통보하고 바로 토마스 레이얼 회장의 저택으로 향할 것임을 전하려 했다. 그런데 정작 자신에게 들려온 말은 해임통보라는 황당한 소식이었다.

부회장인 로빈 레이얼이 레이얼 시스템을 매각하기 위한 수순으로 자신을 해임한 것을 단번에 알 수가 있었다.

자신뿐만 아니라 지금까지 레이얼 시스템을 지탱해온 대부분의 임원들이 해임되었다.

해임을 받아들이지 못하는 일부 중역들은 아예 구조조정 본부에서 부회장의 직권으로 해고처분으로 변경해 버렸다.

해임과 해고의 결과는 전혀 달랐다.

해임이라면 그동안 레이얼 시스템에서 일해 온 공로를 인정받아 어느 정도의 해임수당이 지급되지만 해고처분이라면 단 한 푼의 수당도 지급하지 않고 그대로 방출시키는 결과를 맞이해야 했다.

더구나 임원급 이상의 중역들에겐 어느 정도 해임수당이 지급되지만 일반 기술자나 평사원들이라면 그냥 맨 몸뚱이 하나만 가지고 회사를 떠나야 했다.

한서영과 김동하는 공항에서 어디론가 전화를 한 뒤부터 데니얼 엘트먼 이사의 표정이 굳어진 것을 보며 무언가 이상하다는 느낌을 받았다.

하지만 무슨 이유인지 물어볼 생각은 하지 않았다.

한서영과 김동하는 레이얼 시스템과는 전혀 상관없는 사람들이었다. 데이얼 엘트먼도 그것을 알고 있었기에 자신이 해임되었다는 것을 굳이 설명하지 않았다.

부우우우우웅—

스톤힐의 언덕길을 올라온 캐딜락 승용차가 하얀 대리석으로 만들어진 중세인물이 말을 탄 형상의 조각상이 놓인 원형의 도로를 돌아나갔다.

이내 반대편의 도로 쪽으로 돌아가자 멀리 떨어진 곳에 숲으로 가려진 거대한 저택이 모습을 드러냈다.

짙은 녹색의 숲으로 둘러싸인 저택의 외관은 무척이나 고풍스러운 느낌이었다.

운전을 하던 데니얼 엘트먼이 턱으로 앞쪽을 가리켰다.

"저곳이 토마스 레이얼 회장님이 거주하시는 저택입니다."

숲 사이로 보이는 저택의 모습은 무척이나 넓어보였다.

승용차의 뒷좌석에 앉은 한서영과 김동하가 눈을 깜박이며 숲 사이로 보이는 저택을 바라보았다.

3층 높이의 저택은 석조로 지어져 있었고 저택의 본채로 보이는 건물은 창이 많았다.

끼익.

차가 굳게 닫힌 저택의 입구에서 멈추어 섰다.

 저택의 정문은 철제 창살로 만들어져 있었고 양쪽으로
개방되게 되어 있었다. 창살의 안쪽으로 보이는 저택의 정
원은 제법 잔디가 자라 있었다.

 잔디의 위로는 저택의 주변에 심어진 나무에서 떨어진
철 이른 낙엽들이 어수선하게 굴러다녔다.

 원래는 저택의 정원사가 늘 저택의 잔디를 손질하지만
토마스 레이얼 회장이 혈액암의 투병을 시작하자 잔디 깎
는 기계의 소음이 토마스 레이얼 회장의 신경을 거슬리게
할까 싶어서 아예 잔디의 손질조차 하지 못하고 있었다.

 데니얼 엘트먼이 정문 앞에 멈춰선 차의 운전석에 앉아
서 정원을 노려보았다. 정원에 손질하지 못해서 무성하게
자란 잔디조차 토마스 레이얼 회장의 마지막을 재촉하는
생각이 들었기 때문이었다.

 데니얼 엘트먼이 이를 악물고 차에서 내려섰다.

 정문의 한쪽 기둥으로 다가선 데니얼 엘트먼이 기둥의
중간쯤에 설치된 벨을 눌렀다.

 지이이이이잉―

 벨의 위쪽에 달려 있는 스피커에서 벨소리가 흘러나왔
다. 이내 누군가의 목소리가 들렸다.

 ―누구십니까?

 토마스 레이얼 회장의 저택집사 피터 에반스의 목소리였

다. 토마스 레이얼 회장과 같은 나이의 피터 에반스의 목소리에는 힘이 빠져 있는 느낌이 들었다.

데니얼 엘트먼이 굳은 얼굴로 입을 열었다.

"데니얼 엘트먼입니다. 에반스 경."

그러자 스피커에서 약간 놀라는 목소리가 흘러나왔다.

—아! 엘트먼 이사님! 돌아오셨군요?

"예! 좀 전에 돌아왔습니다. 사모님과 에이미 양도 계시지요?"

—물론입니다.

"문 좀 열어주십시오."

—알겠습니다.

피터 에반스 집사의 목소리가 들린 후 이내 저택의 문이 천천히 열리기 시작했다.

기기기기깅—

문은 자동으로 열리고 닫히게 되어 있었기에 차로 돌아온 데니얼 엘트먼이 다시 차에 올라서 열린 문으로 들어갔다.

차가 정문을 통과하자 이내 문이 닫히기 시작했다.

정문으로 들어선 데니얼 엘트먼의 차가 정원의 옆쪽을 돌아 저택의 본관 앞에 멈추어 섰다.

저택의 주인이 앓고 있는 걸 아는 듯이 예전과는 달리 저택의 모습이 왠지 적막한 느낌이 들었다.

잠시 후 저택의 본관 건물에서 누군가 밖으로 걸어 나왔

다. 검은색의 양복을 걸친 60대의 노인이었다.

손에는 흰색의 장갑을 끼고 머리는 깔끔하게 손질된 노인은 멈춰선 차를 보며 성큼 다가왔다. 차를 멈춰 세운 데니얼 엘트먼이 본관에서 나오는 노인을 발견하고 머리를 돌려 한서영과 김동하에게 말을 건넸다.

"저분이 회장님의 저택을 관리하는 집사이신 피터 에반스 경입니다. 회장님과는 어려서부터 같이 자란 친구 같은 분이지요."

한서영이 머리를 끄덕였다.

"좋은 분 같으시네요."

피터 에반스 집사는 인자한 서양노인의 모습처럼 보였다. 한편 피터 에반스를 본 김동하의 눈이 살짝 찌푸려졌다.

"저분도 상당히 아픈 것 같군요."

김동하의 말에 데니얼 엘트먼과 한서영이 김동하를 바라보았다.

"저분이 아프시다고?"

한서영이 눈을 동그랗게 떴다.

김동하가 머리를 끄덕였다.

"그렇습니다. 어쩌면 회장님이라는 분보다 저분이 더 급한 상황일 것 같네요."

"얼굴만 봐도 아픈 것을 알 수가 있는 거야?"

한서영은 그냥 차안에서 피터 에반스 집사의 얼굴을 보고 그가 아프다는 것을 알아차리는 김동하의 능력이 놀라웠다. 김동하가 대답했다.

"비행기에서도 말했듯이 근래에는 상대를 마주대하면 제가 의도하지 않아도 저절로 상대의 기감을 느낄 수 있게 됩니다. 무량기의 기운이 커지게 되면서 저절로 만들어진 능력이지요."

"그래?"

한서영과 김동하가 한국어로 대화를 하고 있었기에 데니얼 엘트먼은 두 사람이 무슨 말을 하고 있는 것인지 알지 못한 채 눈을 껌벅이고 있었다.

한서영이 데니얼 엘트먼을 보며 입을 열었다.

"이 사람 말로는 저분도 지금 상당히 위험한 상황이라고 하네요."

"예?"

데니얼 엘트먼이 놀란 듯 눈을 치켜떴다.

그때였다. 멈춰선 차로 다가온 피터 에반스 집사가 운전석의 문을 열었다.

딸칵.

한 손을 등에 올리고 오른손만으로 문을 열어준 것이다. 매번 저택을 방문하는 사람들에게 집사로서 예의를 갖추는 일종의 의식과 같은 행동이었다. 문을 연 피터 에반스

집사가 한쪽으로 물러서며 인사를 했다.

"어서 오십시오, 엘트먼 이사님!"

토마스 레이얼 회장이 혈액암의 판정을 받았다는 것이 알려지자 예전에는 하루가 멀다고 찾아오던 사람들도 하나둘 발길을 끊었다. 때문에 저택은 무척이나 적막했다.

그런 상황에서 토마스 레이얼 회장을 가장 측근에서 보좌하던 데니얼 엘트먼 이사가 찾아왔으니 피터 에반스 집사는 무척이나 반가운 얼굴로 맞이했다.

데니얼 엘트먼이 차에서 내리며 인사를 했다.

"오랜만이군요, 에반스 경!"

오랜만에 자신의 애칭인 에반스 경이라는 말을 듣자 피터 에반스 집사가 빙긋 웃었다.

"이사님은 여전히 잘생기셨습니다."

"그런가요? 그런데……."

차에서 내린 데니얼 엘트먼이 조금 전 한서영이 피터 에반스 집사가 아프다고 했던 말을 떠올리며 집사의 얼굴을 살폈다.

"에반스 경의 얼굴빛이 좋지 않군요? 무슨 일이 있는 것입니까?"

피터 에반스 집사가 약간 창백해 보이는 얼굴에 미소를 머금었다.

"회장님이 투병중이라 근심이 되어 그런가 봅니다."

"그래요?"

데니얼 엘트먼의 미간에 살짝 주름이 생겨났다.

하긴 피터 에반스 집사라면 본인이 죽을 만큼 아프다고 해도 절대로 내색을 하지 않을 사람이라는 것쯤은 데니얼 엘트먼도 알고 있었다.

그때 피터 에반스 집사가 차량의 뒷좌석에 다른 손님이 타고 있다는 것을 눈치챘다.

"이사님과 같이 오신 손님이십니까?"

데니얼 엘트먼이 재빨리 대답하며 자신의 차 뒷문을 자신이 열었다.

"한국에서 회장님의 병을 치료하실 분을 모셔왔습니다."

딸칵.

문이 열리고 김동하와 한서영이 차에서 내렸다.

차에서 내린 사람이 생각보다 훨씬 젊은 동양인 남녀들이었기에 피터 에반스 집사의 얼굴이 살짝 굳어졌다.

하지만 이내 피터 에반스 집사가 김동하와 한서영을 보며 정중하게 허리를 숙였다. 여전히 한 손은 등에 대고 오른손을 배 앞에 살짝 댄 접대용 인사였다.

"레이얼가의 저택을 방문하신 것을 환영합니다. 저는 레이얼가의 집사 피터 에반스입니다."

피터 에반스 집사에게는 동양인이 약간은 생소했지만 인

사는 정중했다. 더구나 데니얼 엘트먼 이사의 말로는 토마스 레이얼 회장의 병을 치료할 사람이라고 하자 더욱 신중할 수밖에 없었다.

차에서 내린 김동하와 한서영에게 다가선 데니얼 엘트먼 이사가 입을 열었다.

"이곳이 토마스 레이얼 회장님의 저택입니다."

고풍스럽지만 약간은 쓸쓸하게 느껴지는 저택의 풍경에 한서영과 김동하가 아무 말도 하지 않고 주변을 돌아보았다.

다시 머리를 돌린 김동하가 물끄러미 피터 에반스 집사의 얼굴을 바라보았다. 피터 에반스는 낯선 동양인 청년이 자신의 얼굴을 빤히 바라보자 약간 난처한 표정을 지었다. 누군가 이런 시선으로 자신을 바라보는 느낌은 처음이었다.

그때 김동하가 유창한 영어로 물었다.

"혹시 가슴이 아프시진 않으십니까? 기침을 시작하면 좀처럼 멈추지 않았을 것이고요. 가끔 숨을 쉬는 게 힘들게 느껴지기도 했을 것입니다."

김동하의 말에 순간 피터 에반스의 얼굴이 굳어졌다.

피터 에반스가 놀란 얼굴로 김동하를 바라보았다.

김동하가 한 말 중에 틀린 말은 단 한 개도 없었다.

한서영도 놀란 얼굴로 김동하를 바라보았다.

"뭔지 안 거야?"

김동하가 머리를 끄덕였다.

"이분의 폐에 심각한 문제가 생긴 것 같습니다."

순간 한서영의 얼굴이 굳어졌다.

"렁캔쓸(폐암)!"

한서영의 머릿속에 순간 한 개의 단어가 떠올랐다.

"잠시 실례 좀 할게요."

한서영이 굳은 얼굴로 서 있는 피터 에반스 집사의 손을 잡았다.

갑작스럽게 젊고 아름다운 동양여자가 자신의 손을 잡자 피터 에반스가 흠칫 뒤로 물러섰다.

데니얼 엘트먼도 놀란 얼굴로 한서영을 바라보았다.

"장갑 좀 벗겨볼게요."

한서영이 피터 에반스의 동의도 구하지 않은 채 재빨리 그의 손에서 장갑을 벗겨버렸다.

"이, 이게 무슨 행동……."

피터 에반스는 갑작스런 한서영의 행동에 당황한 얼굴로 자신의 손을 빼려고 힘을 주었다. 하지만 이미 한서영에게 오른손의 장갑이 벗겨진 이후였다.

한서영의 눈이 커졌다. 이미 한서영의 눈에 피터 에반스의 오른손 검지의 상태가 포착이 된 것이다.

오른손의 검지손톱 윗부분이 위쪽으로 튀어나온 것을 놓

치지 않았다. 데니얼 엘트먼이 굳은 얼굴로 물었다.

"왜 그러십니까? 닥터 한!"

한서영이 머리를 돌려 데니얼 엘트먼을 바라보며 입을 열었다.

"이사님께서 이분 집사님께 다른 손의 장갑도 벗어보라고 하셔요. 그리고 이렇게 모양을 만들어 주시면 됩니다."

한서영이 두 손의 검지손톱을 서로 마주 대는 동작을 만들어 보였다. 데니얼 엘트먼의 눈이 커졌다.

"그게 뭡니까?"

두 개의 검지손톱을 서로 마주쳐서 가져다 대는 단순한 행동이었지만 한서영의 표정으로 보아 그것이 상당히 중요한 행동으로 보였다.

한서영이 입을 열었다.

"이 동작은 핑거 크루빙(finger clubbing)이라고 하는 동작인데, 단순하게 두 개의 검지를 마주쳐서 다이아몬드의 형상을 확인하려는 동작이에요. 만약 두 개의 검지를 마주쳐서 다이아몬드의 형상이 보이지 않으면 폐에 심각한 문제가 있다는 것을 알 수 있는 거죠. 이 사람이 좀 전에 집사님의 폐에 문제가 있다고 해서 방금 손을 보니 그런 것 같아요. 아마 폐암일 것 같아요."

데니얼 엘트먼의 얼굴이 굳어졌다.

한서영이 외마디소리처럼 외치던 렁캔쓸이라는 말이 무

슨 의미인지 그제야 알아차린 것이다.

데니얼 엘트먼이 피터 에반스를 보며 입을 열었다.

"에반스 경! 내 말을 믿고 이분이 하라는 대로 하세요."

피터 에반스가 이마를 찌푸렸다.

"이사님께서 무슨 말을 하시는 것인지 모르겠군요. 갑자기 이분들이…….."

피터 에반스의 말을 자르면서 데니얼 엘트먼이 단호하게 입을 열었다.

"에반스 경의 몸에 심각한 병이 숨어 있는 것 같습니다. 설마 아시면서 감추고 계신 것이었습니까?"

"…….."

한순간 피터 에반스 집사의 얼굴이 굳어졌다.

잠시 머뭇거리던 피터 에반스가 이내 머리를 끄덕였다.

"토마스 회장님께서 돌아가시기 전까지 절대로 내가 먼저 죽지 않을 것이니 안심하십시오, 이사님."

"세상에…….."

데니얼 엘트먼은 피터 에반스가 이미 자신의 병을 알고 있다는 것을 직감했다.

피터 에반스가 쓸쓸한 표정으로 웃었다.

"평생을 친구처럼 함께해왔던 토마스 회장님이십니다. 그분이 천국에 가시면 제가 따라가서 그분의 수발을 들어야 하지 않겠습니까? 어차피 지금은 이미 때를 놓쳐서 치

료를 한다고 한들 나아질 가능성은 전혀 없다는 것을 알고 있습니다. 이런 몸으로 병원에 누워서 치료를 받다 허무하게 죽는 것보다는 이렇게 회장님의 곁에서 모시다가 함께 가는 것이 편합니다. 그나저나……."

피터 에반스가 한서영과 김동하를 보며 입을 열었다.

"참으로 눈치가 빠르신 분들이시군요. 안젤리나 마님과 에이미 아가씨도 모르셨는데……."

토마스 레이얼 회장처럼 자신도 천천히 죽어가고 있다는 것을 이미 알고 있는 피터 에반스는 가능하면 자신의 병을 감추려 했다.

김동하가 담담한 얼굴로 입을 열었다.

"폐에 심각한 병이 있지만 평생을 누군가 보살피며 살아오신 선한 분이기에 천명의 길이 뚫려 있습니다. 나중에 토마스 회장님과 함께 치료를 받는 것이 좋을 것 같군요."

김동하의 말에 데니얼 엘트먼이 김동하를 바라보았다.

"이분도 치료를 하실 수 있습니까?"

김동하가 살짝 웃었다.

"물론입니다. 굳이 이분처럼 앓고 계시는 분을 일부러 찾아서 돌아다닐 수는 없지만 저와 만나게 되었으니 다행히 남은 천명을 돌려드릴 수 있을 것 같군요."

"아아 다행입니다."

데니얼 엘트먼이 환한 표정으로 입을 벌렸다.

피터 에반스는 데니얼 엘트먼과 김동하가 하는 말을 전혀 이해할 수가 없었다. 데니얼 엘트먼이 웃는 얼굴로 피터 에반스를 돌아보았다.

"나중에 에반스 경이 진심으로 이분께 감사인사를 하시게 될 겁니다."

"무슨 말씀이신지."

이미 자신의 죽음을 담담하게 받아들이기로 마음먹었던 피터 에반스였다.

데니얼 엘트먼이 웃는 얼굴로 입을 열었다.

"토마스 회장님과 에반스 경의 병을 이분들이 말끔하게 치료해서 두 사람을 모두 살려낼 거라는 말씀입니다."

데니얼 엘트먼의 말에 피터 에반스의 표정이 굳어졌다.

"회장님을 살려내신다고요?"

"물론입니다."

"그게……."

피터 에반스는 데니얼 엘트먼의 말을 전혀 믿을 수가 없었다. 회장의 주치의인 그레이엄 존슨 박사가 토마스 레이얼 회장에겐 고작 1, 2달 정도의 시간밖에 남지 않았다고 선언한 상황이었다. 그나마 그 남은 시간동안 토마스 레이얼 회장에게 통증을 잊을 수 있는 진통제의 처방만 할 수밖에 없다고도 했다.

하지만 그런 그레이엄 존슨 박사의 진단과는 달리 낯선

두 명의 동양인 남녀가 회장의 병을 치료할 뿐만 아니라, 토마스 레이얼 회장처럼 천천히 죽어가고 있던 자신의 병까지 치료해서 살린다고 하자 황당하게만 들릴 뿐이었다.

피터 에반스가 멍한 얼굴로 데니얼 엘트먼을 바라보았다. 데니얼 엘트먼이 입을 열었다.

"일단 들어가서 안젤리나 사모님과 에이미 양을 먼저 만나봐야 할 것 같습니다."

그의 말에 피터 에반스가 머리를 끄덕였다.

"아! 그러셔야지요. 마님과 아가씨께서 무척 좋아하실 겁니다."

회장의 부인인 안젤리나 레이얼 부인과 하나뿐인 딸 에이미 레이얼은 평소 토마스 레이얼 회장이 가장 신임했던 데니얼 엘트먼 이사가 저택을 방문했다는 소식을 들으면 반가워 할 것이 분명했다.

피터 에반스 집사가 이내 몸을 돌려 저택의 본관 현관 쪽으로 향했다. 그의 뒤를 데니얼 엘트먼과 한서영 그리고 김동하가 천천히 따랐다.

피터 에반스의 뒤를 따르던 데니얼 엘트먼이 마치 잠시 잊었던 것을 기억한 것처럼 입을 열었다.

"그런데 로빈 부회장님께서는 회장님을 뵈러 저택에 자주 오십니까?"

피터 에반스가 머리를 돌려서 데니얼 엘트먼을 바라보았

다. 로빈 레이얼 부회장의 이름을 듣는 그의 눈은 차갑게 가라앉아 있었다.

"그분은 이제 더 이상 저택에 오지 않습니다."

"……."

"안젤리나 마님과 에이미 아가씨께서도 이제 그분을 기다리지 않지요."

말을 하는 피터 에반스의 눈빛은 지금까지의 그를 기억하는 사람들에게 무척이나 생소하게 느껴질 정도로 차갑고 냉정한 눈빛으로 변해 있었다.

마치 무언가를 터트리고 싶지만 애써서 눌러 참아야 하는 듯 억눌린 표정이었다. 피터 에반스가 힘없는 목소리로 입을 열며 몸을 돌렸다.

"저도 이제 그분을 작은 회장님으로 부르지 않을 것이고요."

말을 마친 피터 에반스 집사가 이내 빠르게 현관으로 걸음을 옮겼다. 그런 피터 에반스의 뒷모습을 바라보는 데니얼 엘트먼의 표정도 굳어졌다.

일행들이 저택의 본관으로 들어섰다. 한동안 사람들이 찾지 않았던 레이얼가의 저택에 새로운 두 명의 손님들이 찾아오면서 그동안 쓸쓸하게만 느껴졌던 레이얼가에 왠지 온기가 감도는 느낌이 풍기기 시작했다.

부활의 시간(復活의 時間)

똑똑—

노크소리와 함께 문이 벌컥 열렸다.

책상 위에 놓인 컴퓨터의 모니터를 보고 있던 로빈 레이얼 부회장이 굳어진 얼굴로 문 쪽을 바라보았다.

레이얼 시스템의 본사 사옥 12층은 이제 토마스 레이얼 회장 대신 로빈 레이얼 부회장이 차지하고 있었다.

현재 그가 실질적으로 레이얼 시스템의 회장대행으로 인정받고 있는 상황이었다.

12층을 비롯해서 대부분의 레이얼 시스템 임원들이 상주하고 있었던 본사 사옥 임원실은 상당부분 비워져 있었다.

이미 해임되거나 해임을 강요받고 스스로 사직한 임원들이 자신들이 사용하던 대부분의 집기를 집무실에서 빼내어 버렸기에 마치 폐사옥과 같은 황량함이 느껴지는 본사 사옥이었다.

또한 지금까지 근무하고 있는 직원들 사이에서도 곧 레이얼 시스템이 다른 업체에 매각될 것이라는 소문까지 퍼졌다.

때문에 본사에서 근무하는 직원들의 얼굴에도 의욕이 많이 사라져 있었다.

전 세계에서도 계측기 분야와 초정밀 전자장비 분야에서 첫손가락으로 꼽을 정도로 각별한 브랜드 명을 가지고 있는 레이얼 시스템이 기업을 매각한다는 것이 알려지자 레이얼 시스템을 탐내는 각국의 기업들이 벌떼처럼 달려드는 상황이었다.

매각을 진행하고 있는 로빈 레이얼 부회장으로서는 그런 레이얼 시스템의 임직원들을 관리하기 위해서 자신의 아들인 듀크 레이얼을 구조조정 본부장이라는 직책에 앉힌 것이 주효했다.

빠르고 강력한 조치는 평범하게 일해오던 레이얼 시스템의 직원들을 움츠리게 만들 정도로 강력했다.

누구도 로빈 레이얼 부회장이나 듀크 레이얼 구조조정본부장에게 반기를 들지 못하고 곧 레이얼 시스템이 다른 곳

으로 매각되기만을 기다리고 있는 형국이었다.

지금까지 자신의 손에 의해 매각되어 사라질 레이얼 시스템의 자산목록을 살펴보고 있던 로빈 레이얼의 눈이 번득였다.

자신의 허락 없이 함부로 문을 여는 경우는 좀처럼 없는 일이었기에 그의 미간에 주름이 깊게 패었다.

로빈 레이얼의 눈에 들어온 것은 자신의 아들인 듀크 레이얼이었다.

"무슨 일이냐?"

아무리 자신의 아들이라고 해도 함부로 이런 식으로 문을 열고 들어오는 경우는 드물었다.

듀크 레이얼이 힐끗 방문 밖의 아버지의 여비서인 안나 클로라를 바라보다가 문을 닫았다.

이내 그가 빠른 걸음으로 책상으로 다가왔다.

"데니얼 엘트먼 이사가 조금 전에 귀국했습니다. 아버지!"

"난 또 뭐라고."

듀크 레이얼의 말에 로빈 레이얼이 보고 있던 컴퓨터의 화면으로 다시 시선을 던졌다.

흥미가 없다는 표정이었다.

그의 와이셔츠 깃에 매달린 금색의 브로치 고리가 반짝이며 흔들렸다.

듀크 레이얼이 살짝 이마를 찌푸리다가 컴퓨터의 화면을 보고 있는 아버지의 얼굴을 살피며 다시 입을 열었다.

"엘트먼 이사가 귀국사실을 비서에게 알리고 곧장 큰아버지에게 갔습니다."

로빈 레이얼이 피식 웃었다.

"그럼 자신이 해외에 나가 있을 때 해임되었다는 것도 알겠구나?"

"여비서가 엘트먼 이사에게 해임되었다는 사실을 통보했다고 하더군요."

"그래서?"

로빈 레이얼은 여전히 시큰둥한 표정으로 모니터만 살피고 있었다.

듀크 레이얼이 이마를 찌푸렸다.

"해임되었다는 소식을 듣고도 본사로 오지 않고 귀국하는 즉시 큰아버지에게 갔다는 것이 이상하지 않습니까? 자신의 해임소식을 들었다면 해임사유와 근거를 따지러 아버지를 찾아오는 것이 정상인데 말입니다."

로빈 레이얼이 이마를 찌푸리며 아들 듀크 레이얼을 바라보았다.

"그 사람이 죽어가는 형을 만나서 뭘 하겠느냐? 이미 형이 죽어가는 것을 막을 수 있는 존재는 이 세상에 없다. 인류는 과학의 힘으로 사람을 우주까지 보낼 정도로 엄청난

기술을 가지고 있지만 정작 죽어가는 형을 살릴 만한 전능의 기술은 없어. 엘트먼이 형을 만난다면 아마 마지막 인사를 하기 위해서일 게다. 평소에 형을 그만큼 따르고 믿었던 사람이었으니 오랜 외유 끝에 돌아온 인사를 하기 위해 형을 찾아간 것이 아니겠느냐?"

아버지의 냉정하고 차분한 반응을 본 듀크 레이얼이 입술을 잘근 깨물었다.

"근데 그것이 좀 이상합니다."

"뭐가 말이냐?"

로빈 레이얼은 아들이 좀처럼 보이지 않는 반응을 보이자 얼굴을 찌푸렸다.

듀크 레이얼이 입을 열었다.

"데니얼 엘트먼 이사가 뉴욕으로 돌아오면서 동행했던 일행이 있는 것 같습니다."

"뭐?"

그제야 로빈 레이얼의 얼굴이 굳어졌다.

듀크 레이얼이 머뭇거리다 다시 입을 열었다.

"엘트먼 이사가 귀국하는 즉시 큰아버지를 찾아갔다는 소식을 듣고 큰아버지의 저택에 있는 큰아버지의 주치의인 존슨 박사에게 연락을 해 보니 엘트먼 이사가 두 명의 동양인을 데리고 저택을 찾아왔다고 하더군요. 엘트먼 이사의 말로는 큰아버지를 치료할 의사라고 했습니다."

순간 로빈 레이얼의 미간이 급하게 좁혀졌다.

"의사라고?"

"예! 두 명의 젊은 동양인 남녀라고 했습니다. 그런데……."

"그런데 또 뭐가 있느냐?"

로빈 레이얼의 눈이 번득였다.

듀크 레이얼이 신중한 표정으로 입을 열었다.

"존슨 박사의 눈에 엘트먼 이사의 표정이 그 두 명의 동양인 의사들이 반드시 큰아버지를 회복시킬 것처럼 보였다고 하더군요. 마치 무언가 확신을 가지고 있는 듯 말입니다."

로빈 레이얼의 얼굴이 딱딱하게 굳어졌다.

"그게 말이 되느냐? 형의 주치의인 존슨 박사도 형에게 치료 대신 남은 생명을 간신히 이어가게 만들 진통제만 처방할 뿐 다른 방도가 없다고 했는데, 치료를 하다니?"

"어쩌면 우리가 알지 못하는 방법을 찾은 것이 아닐까요?"

"흥! 형이 앓고 있는 만성 혈액암이 완치가 되었다는 말은 어디서도 들은 적이 없다. 만약 그런 것이 있었다면 안젤리나 형수나 형의 친 혈육 같은 에반스 집사가 가만히 있지 않았을 것이다. 천문학적인 보수를 지급해서라도 반드시 형을 살리려 했겠지."

얇은 로빈 레이얼의 입술이 살짝 떨렸다.

로빈 레이얼이 날카로운 시선으로 듀크 레이얼을 바라보았다.

"엘트먼 이사가 데려온 동양인들이 누구라고 하더냐?"

듀크 레이얼이 바로 대답했다.

"엘트먼 이사의 말로는 한국에서 데려온 의사들이라고 합니다. 존슨박사의 눈에는 고작 20대 정도의 젊은 남녀라고 했습니다."

"20살 정도의 젊은 의사들이라고? 그것도 한국인?"

"예!"

"크큭! 엘트먼 이사도 많이 급했던 모양이군? 경험이나 경력이 넘치는 의사도 아닌 고작 20살 정도의 젊은 한국인 의사라고? 뭐 김치라도 먹여서 암을 치료한다고 하더냐?"

흔히 한국이라면 단순하게 떠오르는 상징이 김치였다.

오래전에 한국의 김치에 비밀처럼 숨겨진 효소가 인간의 노화를 막고 질병까지 예방해 준다는 황당한 소문이 미국에서도 퍼진 적이 있던 것을 기억해 낸 것이다.

듀크 레이얼이 신중한 표정으로 입을 열었다.

"어쩌면 아버지나 제가 알지 못하는 어떤 비밀이 숨겨져 있는 것이 아닐까요? 이참에 직접 그 동양인들을 한번 만나보는 것이 어떻겠습니까?"

아들의 말에 로빈 레이얼이 머리를 흔들었다.

"내게 그렇게 한가한 시간은 없다. 미개한 원숭이 같은 족속인 그들에게 나눠줄 시간이라면 1초라도 더 매각할 자산을 살펴볼 시간에 보태는 것이 낫다."

로빈 레이얼의 태도는 단호했다.

그로서는 의미 없는 동양인을 만나 살펴보는 것에 자신의 시간을 허비하고 싶은 생각은 단 1초도 없었다.

듀크 레이얼이 머뭇거리다 입을 열었다.

"그럼 저 혼자라도 그들을 만나보겠습니다. 엘트먼 이사가 왜 그렇게 큰아버지의 병을 치료할 수 있다고 확신하는지 반드시 알아야 할 것 같습니다. 아버지."

"……."

로빈 레이얼은 대답하지 않았다.

아들의 행동을 막고 싶었지만 무언가 꺼림칙한 것은 그냥 넘어가지 못하는 아들의 성격상 자신이 만류하더라도 듣지 않을 것이 분명했다.

로빈 레이얼이 입을 열었다.

"굳이 그렇게 해야 한다면 네 뜻대로 해 보거라. 단 형의 저택에서 엘트먼 이사를 만나게 되면 해임되었다는 것을 다시 한번 통보해. 그리고 그 동양인 의사들이 형을 치료하겠다면 그렇게 내버려 두는 것도 좋겠지. 그것이 형수와 에이미에겐 마지막 지푸라기를 잡는 희망일 수도 있을 테

니 말이다. 물론 너무나 허망하게 끝날 희망이겠지만."

차갑게 말하는 로빈 레이얼의 눈이 번득였다.

듀크 레이얼이 머리를 숙였다.

"알겠습니다. 일단 제가 큰아버지의 저택으로 가보겠습니다. 물론 엘트먼 이사를 만나 다시 한번 해임통보를 알리겠습니다."

"그렇게 해."

"그럼 다녀오겠습니다."

"흠!"

짧게 대답한 로빈 레이얼이 다시 보고 있던 컴퓨터의 모니터로 시선을 돌렸다.

어떤 일이 있어도 형 토마스 레이얼이 죽는 것은 변함이 없다고 확신하는 그였기에 더 이상 다른 곳에 관심을 두기는 싫었다.

어쩌면 형이 임종하기 전에 레이얼 시스템이 먼저 매각될 수도 있기에 처분해야 할 자산의 목록을 더 살펴보는 것이 그에겐 더 소중했다.

조금이라도 더 큰 금액으로 매각을 진행하며 숨겨진 자산을 찾아내서 자신이 차지할 몫을 더 늘리고 싶은 욕심뿐이었다.

이내 듀크 레이얼이 방을 나갔다.

잠시 컴퓨터의 모니터를 바라보던 로빈 레이얼이 아들인

듀크 레이얼이 전한 말을 다시 떠올리며 얼굴을 굳혔다.

"형이 차기 레이얼 시스템의 사장 자리에 앉힐 정도로 신임한 엘트먼 이사가 들어보지도 못한 동양인 의사를 데려와서 형의 치료를 장담한 것이 꺼림칙하군 그래. 형이 어떤 병을 앓고 있는 것인지 누구보다 잘 아는 그 사람이 이런 선택을 한 것이라면 듀크의 말대로 무언가 숨겨져 있을 수도 있을 것 같은데……."

톡톡톡.

로빈 레이얼의 긴 손가락이 마호가니 책상을 가볍게 두들겼다.

긴 손가락에 끼워진 두꺼운 황금반지가 창으로 흘러들어온 햇빛에 번쩍거렸다.

* * *

"뭐라고요?"

안젤리나 레이얼 부인의 눈이 커졌다.

한때는 흘러넘치는 기품으로 도도해 보이기까지 했던 50대의 여인은 이제는 너무나 늙어버린 모습으로 변해 있었다.

주름으로 늘어진 목은 만지면 부러질 듯 가냘팠고 나란히 포갠 두 손등의 위에는 지렁이같은 푸른 혈관이 도드라

졌다.

예전에는 늘 착용하고 있었던 진주목걸이도 보이지 않았고 귀걸이나 팔찌와 같은 장신구도 걸치지 않았다.

그야말로 희망을 잃어버린 여인의 모습으로 변한 안젤리나 부인이었다.

레이얼가의 저택 본관 안쪽에 마련된 외빈용 접객실 안에는 원형의 테이블을 두고 다섯 명의 남녀가 둘러앉아 있었다.

토마스 레이얼 회장의 주치의인 그레이엄 존슨 박사와 회장을 간호하던 전담간호사 제니스 엘리언을 비롯해서 집사인 피터 에반스 경도 물리친 채 안젤리나 부인과 그녀의 딸인 에이미 레이얼과 대면하고 있는 데니얼 엘트먼과 김동하, 한서영이었다.

외빈용 접객실 안은 무척이나 깔끔하게 정리되어 있었다.

평소 깔끔한 것을 좋아하는 집사 피터 에반스가 매번 접객실을 청소하기 때문에 먼지 하나 보이지 않을 정도였다.

토마스 레이얼 회장이 혈액암으로 투병을 시작하자 저택에서 일하는 사람들의 숫자도 최소한의 인원만 남기고 줄인 상황이었다.

평소와는 달리 손님들도 그다지 찾아오지 않는데다 아픈 토마스 레이얼 회장의 모습을 최대한 눈에 띄지 않게 하려는 안젤리나 부인의 당부가 있었다.

저택에서 일하는 가솔들의 눈에 남편 토마스 레이얼 회장이 투병중인 모습이 노출될 경우 어떤 안 좋은 소문이 퍼질 것인지 염려한 안젤리나 부인의 당부에 피터 에반스 집사가 꼭 필요한 인원만 남기고 다른 가솔들에게는 저택을 떠날 것을 지시했다.

안젤리나 부인의 옆자리에 앉은 꺼칠해 보이는 얼굴의 30대 여인도 약간 놀란 얼굴로 앞을 바라보았다.

혈액암으로 죽어가는 토마스 레이얼 회장의 유일한 혈육인 에이미 레이얼이었다.

33살의 에이미 레이얼이었지만 결혼도 하지 않았고 남자에게 관심도 없었다.

그런 두 여인이 눈앞의 동양인들을 보며 놀란 듯 눈을 부릅뜨고 있었다.

데니얼 엘트먼이 다시 입을 열었다.

"이분들이라면 회장님을 다시 살려낼 수 있습니다. 사모님!"

병상에 누워 하루하루 천천히 죽어가는 남편과 아버지의 모습을 지켜보는 것만으로 두 여인은 지옥을 살고 있었다.

그런 상황에서 남편이자 아버지를 다시 살린다고 하자 놀랄 수밖에 없었다.

"어, 어떻게요?"

에이미 레이얼이 다급하게 물었다.

데니얼 엘트먼이 빙긋 웃었다.

"그냥 기다리시면 될 것입니다. 그리 오래 걸리지도 않을 것이니까요."

데니얼 엘트먼의 말에 안젤리나 레이얼이 머리를 흔들었다.

"아니에요. 다시 토마스를 고통스럽게 하는 것은 싫어요. 차라리 이렇게 살다가 편하게 보내주고 싶어요."

남편 토마스 레이얼 회장이 암치료를 진행하면서 상당히 고통스러워했다는 것을 누구보다 잘 알고 있는 안젤리나였다.

물이라도 한 모금 마시면 위장의 쓴 위액까지 몽땅 토해놓을 정도로 힘들어했던 남편이었다.

그런 남편에게 또다시 고통을 안겨주는 것은 싫었다.

살아날 가능성이 단 1%만 된다고 해도 그 가능성에 최선을 다하고 싶었지만 이제는 희망도 없고 가능성도 없었다.

신이 강림해서 남편에게 새로운 생명을 심어준다면 그것에 희망을 가지겠지만 이 세상에 가장 간절히 신을 원하는 곳에도 신은 절대로 나타나지 않는다는 것을 알고 있었다.

데니얼 엘트먼이 데려온 두 명의 동양인은 참으로 잘생기고 아름답게 생긴 남녀였다.

더구나 이제 고작 20대로 보이는 둘이 남편을 치료할 의

사라 하니 황당한 생각까지 들었다.

어쩌면 데니얼 엘트먼 이사가 남편을 치료한다는 명목으로 남편의 재산을 노리고 있다는 생각까지 들 정도였다.

데니얼 엘트먼이 머리를 흔들었다.

"이분들이 회장님을 치료하는 것에 회장님이 힘들 일은 없습니다. 고통도 없을 것이고 통증도 느끼지 못할 것이니 말입니다."

데니얼 엘트먼은 자신의 눈으로 김동하가 천명의 권능을 펼치는 것을 직접 보았다.

그 때문에 토마스 레이얼 회장이 어떤 고통이나 통증을 느끼지 못할 것임을 이미 알고 있었다.

천명의 권능 그것보다 더 편한 치료는 이 세상에 존재하지도 않을 것이다.

"엘트먼 이사님도 아시잖아요. 토마스의 병은 이제 어떤 방법을 써도 가능성이 없다는 것을 말이에요. 세계 제일의 의료장비를 붙여놓았고 주치의인 존슨 박사까지 토마스의 옆에서 상주하고 있어요. 그런데도 지금 할 수 있는 것이 없어요. 이런 상황에서 또다시 허무한 희망을 품기에는 너무 힘이 들어요."

안젤리나의 얼굴에는 절망이 떠올라 있었다.

지금까지 아무 말도 하지 않고 안젤리나의 얼굴을 바라보고 있던 김동하가 입을 열었다.

"남편 분을 참 많이 아끼시는 분이시군요."

김동하는 이미 안젤리나 부인의 기감을 읽고 있었다.

기감에서는 남편에 대한 감사와 애정 그리고 배려가 담긴 슬픔과 상실감까지 전해졌다.

또한 남편인 토마스 회장이 죽으면 그녀도 얼마 지나지 않아 남편과 같은 길을 선택할 것임도 느꼈다.

즉 안젤리나의 기감에서 삶에 대한 갈망보다는 남편의 옆에서 영원히 함께 잠들고 싶어 한다는 것을 느낀 것이다.

부부로 살아온 긴 세월동안 남편에게 받았던 애정을 그 무엇보다 소중하게 간직하려는 안젤리나의 마음이 참으로 곱게 느껴진 김동하였다.

안젤리나는 낯선 동양인 청년이 자신에게 부드럽게 말을 건네자 놀란 얼굴로 김동하를 바라보았다.

그리고 그런 감정은 안젤리나의 옆자리에 앉아 있는 에이미 레이얼에게도 전해졌다.

에이미 레이얼 역시 아버지와 어머니를 동시에 잃게 되면 스스로 견디지 못할 정도로 슬픔을 간직한 것이 느껴졌다.

김동하가 부드러운 시선으로 안젤리나와 에이미를 바라보며 입을 열었다.

"두 분의 곁에서 토마스 회장님이 떠나지 않게 만들어 드리겠습니다. 그러니 믿고 기다려 보시는 것이 어떨까요?"

안젤리나가 더듬거렸다.

"토, 토마스가 떠나지 않는다고요?"

끄덕.

김동하가 머리를 끄덕이며 빙긋 웃었다.

순간 에이미 레이얼의 눈에서 눈물이 후드득 떨어졌다.

깡마른 에이미의 여윈 볼을 타고 맑은 눈물이 흘러내렸다.

에이미 레이얼 역시 천천히 죽어가고 있는 아버지 토마스 레이얼을 지켜보며 자신 역시 무너져 가고 있던 중이었다.

밥을 먹을 수도 없었고 편히 잠을 잘 수도 없는 두 여인이었다.

행여 자신들이 잠을 자고 있는 중에 남편이자 아버지가 자신들의 곁을 떠날까 싶어 잠자는 것도 두려워했다.

눈물을 흘리고 있는 에이미 레이얼을 안타까운 시선으로 바라보던 한서영이 참지 못하고 에이미의 손을 잡았다.

"걱정하지 말아요. 아버님은 꼭 다시 살아나실 테니까요."

에이미는 자신의 손을 꼭 잡아주는 한서영의 손이 무척이나 따뜻하다고 느꼈다.

그러고 보니 지금은 늦여름의 더위가 느껴지는 9월이었

지만 언제부터인가 에이미 레이얼은 더위 대신 오히려 저택에서 서늘한 한기가 머무는 것을 느끼고 있었다.

그 때문에 반팔 옷이 아닌 긴 소매가 달린 드레스를 걸쳤다.

그것은 어머니인 안젤리나도 마찬가지였다.

남편이자 아버지가 혈액암의 판정을 받고 투병을 시작하는 동안 저택은 계절의 변화가 사라지고 오직 겨울에만 머무는 느낌이 들 정도였다.

에이미가 물기에 젖은 눈으로 한서영을 바라보았다.

"아버지만 살려주신다면 무슨 짓이든 할게요."

에이미의 말속에는 진심이 가득 담겨 있었다.

말 그대로 죽어가는 아버지를 살려준다면 에이미 레이얼은 한서영의 발아래 엎드려 그녀의 발에 입맞춤이라도 할 수가 있었다.

한서영이 부드러운 시선으로 머리를 한쪽으로 돌리며 김동하를 가리켰다.

"이 사람이라면 언니의 아버님을 살려낼 수 있을 거예요."

에이미 레이얼이 한서영을 따라 김동하를 바라보았다.

김동하가 빙긋 웃으며 머리를 끄덕였다.

김동하는 지금까지 자신이 만나왔던 그 어떤 사람들보다도 안젤리나 부인과 그녀의 딸인 에이미 레이얼이 참으로 따뜻한 사람이라는 것을 느끼고 있었다.

남편이자 아버지를 잃는 순간 이 두 여인들은 살아남을 희망마저 잃을 것임을 너무나 생생하게 감지하고 있었다.

안젤리나가 촉촉한 눈빛으로 김동하를 바라보며 입을 열었다.

"정말 토마스를 다시 나에게 돌려줄 수 있나요?"

그녀 스스로 남편의 죽음을 운명으로 받아들이고 있었지만 지금 이 순간 다시 그녀의 가슴속에 작은 희망이 생겨나고 있었다.

김동하가 웃으면서 입을 열었다.

"물론입니다."

안젤리나의 눈에서도 눈물이 흘렀다.

투병중인 남편을 지켜보며 무너져 가던 안젤리나의 깡마른 얼굴이 눈물로 적셔졌다.

수수깡처럼 연약해 보이는 목덜미의 주름살이 바르르 떨리면서 지켜보는 사람이 저절로 안타까움을 느낄 정도였다.

안젤리나가 울면서 김동하의 손을 꼭 쥐었다.

"토마스만 저에게 다시 돌려준다면 제가 가진 모든 것을 다 드릴게요. 돈이든 보석이든 뭐든지 다 드릴 수 있어요."

김동하는 자신의 손을 잡으면서 눈물을 흘리는 안젤리나

254

의 깡마른 손을 바라보았다.

"다시 남편을 뵈어야 하는데 참 많이 약해지신 것 같군요."

김동하는 자신의 손을 잡고 있는 안젤리나 부인의 몸이 금방이라도 허물어질 정도로 허약한 상황이라는 것을 금방 알아차렸다.

그것은 딸 에이미 레이얼도 마찬가지였다.

이제 고작 33살의 젊은 나이였지만 지금의 에이미의 몸은 마치 40대의 중년여인처럼 피부의 탄력을 잃고 주름까지 늘어져 있었다.

김동하가 잠시 안젤리나 부인과 에이미 레이얼을 바라보다가 한서영에게 시선을 던졌다.

한서영이 눈빛을 반짝이며 김동하에게 머리를 끄덕였다.

김동하가 안젤리나와 에이미에게 천명의 권능으로 시간을 돌려주려 한다는 것을 한서영은 단번에 알아차린 것이다.

이미 데니얼 엘트먼은 김동하가 천명을 펼치는 것을 지켜보았기에 다시 천명을 펼친다고 해도 문제가 될 것은 없었다.

김동하가 안젤리나를 보며 입을 열었다.

"제가 어떻게 토마스 회장님을 두 분께 다시 돌려드릴 수 있는 것인지 보여드릴까요?”

안젤리나와 에이미가 놀란 듯 눈을 동그랗게 떴다.

한서영이 하얀 이를 드러내며 웃었다.

데니얼 엘트먼도 눈을 껌벅이며 김동하를 바라보았다.

한서영이 데니얼 엘트먼을 보며 입을 열었다.

“엘트먼 이사님은 한국에서 저의 아빠와 엄마의 모습이 달라지신 것을 보셨을 거예요. 지금 이 남자가 두 분께 다시 예전의 모습을 돌려주려는 것이에요.”

“아!”

데니얼 엘트먼의 입에서 탄성이 흘러나왔다.

이미 보았지만 지금도 그 실체가 마치 환상처럼 느껴지던 천명의 권능이 다시 모습을 보이게 될 것임을 알아차린 데니얼 엘트먼이었다.

안젤리나와 에이미 레이얼이 멍한 얼굴로 김동하를 바라보았다.

그때 김동하가 자신의 입가로 손을 가져갔다.

순간 김동하의 입에서 너무나 아름다운 푸른색의 기운이 천천히 흘러나와 손에 고였다.

안젤리나 부인과 에이미 레이얼은 믿어지지 않는 환상을 보는 느낌이 들었다.

“세상에…….”

“아, 아름다워요.”

두 여인의 눈에 김동하의 입에서 흘러나온 천명의 기운은 마치 말로만 들어오던 동양의 오래된 마법을 보는 듯했다.

천명의 기운을 손으로 받아낸 김동하가 손에 고인 천명의 기운을 두 여인의 앞으로 가만히 내밀었다.

김동하의 입에서 부드러운 목소리가 흘러나왔다.

"두 분의 손을 여기에 올려보세요."

한서영이 끼어들었다.

"이 사람이 두 분께서 가장 아름다웠던 예전의 시간을 돌려줄 거예요."

한서영의 말에 안젤리나와 에이미 레이얼이 홀린 듯 푸르게 빛나고 있는 천명의 기운에 손을 내밀었다.

순간 천명의 기운이 닿은 두 사람의 손끝을 통해 청량한 기운이 흘러들어왔다.

"아!"

"아아!"

마치 온몸의 세포 하나하나를 맑은 물로 씻어내는 듯한 너무나 상쾌하고 청량한 기분이 두 여인의 머리끝에서 발끝까지 훑어 나가는 느낌이었다.

순간 에이미 레이얼의 눈이 커졌다.

"어, 엄마! 엄마 얼굴이……."

에이미의 눈에 어머니인 안젤리나 부인의 모습이 달라진

것이 들어왔다.

에이미가 오래전에 기억하고 있던 참으로 아름다웠던 어머니의 모습이었다.

안젤리나는 한순간에 30년의 세월을 거슬러버린 듯한 모습으로 변해 있었다.

좀 전까지 주름으로 늘어져 있던 목덜미는 탄력이 넘치는 피부가 되었고 꺼칠하게 말라버렸던 얼굴도 잔주름이 희미하게 보일 정도의 젊게 변해 있었다.

그것은 에이미 레이얼도 마찬가지였다.

이제는 한서영과 비교해도 그렇게 나이가 차이가 나지 않을 정도로 젊고 탄력이 넘치는 모습으로 돌아와 있었다.

안젤리나는 믿어지지 않는다는 얼굴로 눈을 껌벅이고 있었다.

자신의 손등에 흉측하게 보일 정도로 튀어 올라와 있던 지렁이같은 혈관도 사라졌고 손으로 만지면 느껴질 정도로 늘어졌던 목의 주름도 사라진 것을 느꼈다.

또한 얼굴도 젊은 시절의 탄력이 그대로 느껴질 정도로 팽팽해졌고 머릿속도 맑아졌다.

"어, 어떻게……."

"엄마!"

두 여인이 놀란 얼굴로 서로의 얼굴을 확인했다.

김동하가 빙긋 웃었다.

"고운 모습으로 곧 곁으로 돌아오실 토마스 회장님을 만나시길 바랍니다. 두 분의 고운 마음을 알게 된 제가 드리는 작은 선물입니다."

어느새 안젤리나와 에이미가 접촉했던 천명의 기운은 다시 김동하의 몸으로 돌아간 상태였다.

지켜보고 있던 데니얼 엘트먼도 놀란 듯이 눈을 껌벅였다.

자신도 젊어지기 위해서 김동하에게 천명을 손으로 만지게 해달라고 부탁을 하고 싶었지만 입술이 떨어지지 않았다.

참으로 기막힌 욕망을 안겨주는 천명의 실체였다.

한서영이 데니얼 엘트먼의 마음을 읽었는지 웃으면서 입을 열었다.

"엘트먼 이사님은 언제든 한국으로 오시면 이 사람에게 부탁을 해도 될 거예요. 그러니 지금은 욕심낼 필요는 없어요."

데니얼 엘트먼이 정신없이 머리를 끄덕였다.

"그, 그렇지요. 내 꼭 아내와 함께 닥터 김을 만나러 한국으로 가겠습니다."

데니얼 엘트먼의 말을 들은 김동하가 입술만 살짝 움직여 미소를 지었지만 다른 말은 하지 않았다.

엄마와 자신의 몸이 달라진 것을 확인한 에이미 레이얼

이 김동하를 보며 놀란 듯 눈을 부릅떴다.

"이, 이게 뭔가요?"

안젤리나도 다급하게 물었다.

"이게 어떻게 된 일이에요? 그 푸른 빛은 무엇이었나요?"

안젤리나는 김동하의 손에 떠올라 있던 환상적인 빛을 만지는 순간 자신과 딸의 얼굴이 변해버린 것이 믿어지지 않았다.

마치 꿈을 꾸는 듯한 표정으로 김동하의 얼굴을 바라보았다.

김동하가 빙그레 웃었다.

"제가 가진 조금 특이한 능력입니다. 그리고 조금 전에 두 분이 보았던 그 빛을 통해 두 분께 토마스 회장님을 돌려드릴 수 있을 것입니다."

김동하는 안젤리나 부인과 에이미 레이얼에게 자신이 가진 천명의 권능을 설명하는 것이 조금 난감했기에 그저 자신이 가진 특이한 능력이라는 말로 둘러댔다.

하지만 젊고 잘생긴 김동하의 입에서 너무나 신비한 빛이 흘러나와 손에 고이고, 그 빛을 만지는 순간 상심에 지쳐 있던 두 여인이 한순간에 수십 년의 세월을 거슬러 젊고 아름다운 시절로 다시 돌아갔다.

이 엄청난 일들을 그저 특이한 능력이라고 둘러대는 것

으로 두 여인을 설득할 수는 없었다.

한서영이 끼어들었다.

"좀 전에 두 분께서 보신 이 남자의 몸에서 흘러나온 빛은 이 세상에서 오직 이 남자만이 가지고 있는 신비로운 힘이에요. 말로는 설명할 수는 없지만, 두 분께서 이 남자를 만난 것은 두 분께서 남편이자 아버님을 너무나 사랑하셔서 하늘이 이 남자를 보내 준 거라고 생각하시면 될 거예요."

한서영의 말에 안젤리나와 에이미의 눈에서 맑은 눈물이 흘러나왔다.

안젤리나 부인이 물었다.

"그럼 토마스도 그 빛의 힘을 이용해서 살려줄 수 있는 건가요?"

한서영이 생긋 웃었다.

"물론이에요. 예전보다 더 건강하고 젊어지신 토마스 회장님을 두 분께 돌려드릴 수 있을 거예요."

"아아."

"흐흑, 엄마."

안젤리나와 에이미가 울음을 터트리며 서로를 껴안았다.

믿지 못했지만 지금은 남편이 다시 살아날 수 있을 것이라는 희망이 생겼다.

안젤리나로서는 할 수만 있다면 김동하의 발아래 엎드려 동양인들이 하는 절이라도 하고 싶은 심정이었다.

그때였다.

문에서 노크소리가 들려왔다.

똑똑—

안젤리나가 눈물이 젖은 얼굴로 문을 향해 머리를 돌렸다.

문 밖에서 나직한 목소리가 울렸다.

"마님! 에반스 집삽니다. 잠시 들어가겠습니다."

정중한 목소리였다.

안젤리나 부인이 부르지 않으면 절대로 접객실로 들어오지 않을 정도로 레이얼가의 집사로서 최선을 다해왔던 피터 에반스 집사였다.

안젤리나 부인이 대답도 하기 전에 문의 손잡이가 돌아갔다.

딸칵.

문이 열리면서 변함없이 정장자림을 한 피터 에반스 집사가 들어섰다.

집사의 표정이 살짝 굳어 있었다.

피터 에반스는 접객실로 들어서면서 방안의 분위기가 이상하다는 것을 느꼈는지 눈을 부릅뜨고 안젤리나 부인을 바라보았다.

순간 피터 에반스의 얼굴이 굳어졌다.

"마, 마님!"

피터 에반스는 너무나 달라진 안젤리나 부인의 얼굴을 보며 그 자리에서 멈추었다.

동시에 그의 시선이 촉촉한 물기를 담고 자신을 바라보고 있는 에이미 레이얼에게 돌아갔다.

"에, 에이미 아가씨까지……."

피터 에반스는 자신의 눈을 믿을 수가 없었다.

자신의 절친이자 레이얼가 저택의 가주인 토마스 레이얼 회장이 혈액암 투병을 시작하면서 남편이자 아버지와의 작별을 준비하고 있던 안젤리나 부인과 에이미 레이얼이었다.

두 여인이 너무나 큰 상심에 하루하루 날이 갈수록 변해가는 모습이 참으로 안타까웠던 피터 에반스였다.

자신 역시 아프고 힘들었지만 저택의 마님인 안젤리나 부인과 회장의 하나뿐인 자식인 에이미 레이얼이 힘들어하는 것을 보며 내색하지도 못했던 터였다.

날이 갈수록 예전의 그 꽃처럼 아름다웠던 미모의 마님이 70대의 노파처럼 변해가는 것도 마음이 아팠고 천사같던 에이미 레이얼 아가씨가 힘을 잃고 시들어 가는 것이 차마 보기 힘들 정도였다.

그런데 지금 이 자리에 젊었던 시절의 피터 에반스가 알고 있던 안젤리나 마님과 에이미 아가씨가 앉아서 자신을 바라보고 있었기에 머리털이 곤두설 정도로 놀랐다.

안젤리나가 눈가에 맺힌 눈물을 손가락으로 지우며 살짝 웃었다.

"놀라지 말아요. 피터!"

안젤리나의 입에서 참으로 부드러운 목소리가 흘러나왔다.

피터 에반스를 단 한 번도 저택의 집사로만 생각한 적이 없었던 안젤리나였다.

그는 가족이고 남편 토마스 레이얼의 친구였으며, 하늘이 남편에게 내려준 또 다른 형제라고 생각해왔다.

그런 그녀의 입에서 집사라는 말 대신 남편이 평소 피터 에반스 집사를 부를 때 사용하던 피터라는 이름이 흘러나왔다.

그만큼 피터 에반스 집사를 좋아한다는 의미였다.

에이미 레이얼도 눈물자욱이 가득한 얼굴로 피터 에반스를 보며 웃었다.

"피터 아저씨!"

피터 에반스는 자신이 유령을 보고 있다는 느낌이 들었다.

하지만 이런 대낮에 유령이 나타난다는 말은 들어본 적도 없었고, 수십 년 동안 집사로 살아왔던 레이얼 저택이

유령가라는 말도 들어본 적이 없었다.

"이, 이게 어떻게 된 일입니까? 마님과 아가씨가……."

피터 에반스는 말을 이을 수가 없었다.

그의 안색이 하얗게 변했다.

안젤리나가 살짝 웃으면서 대답했다.

"멀리서 오신 분들이 나와 에이미에게 너무나 소중한 선물을 가져다 주셨어요. 그리고 곧 토마스도 일어날 거예요."

"세상에……."

피터 에반스가 하얗게 질린 얼굴로 김동하와 한서영을 바라보았다.

한쪽에서 입가에 부드러운 미소를 머금고 앉아 있던 데니얼 엘트먼이 웃음이 담긴 목소리로 입을 열었다.

"내가 말하지 않았습니까? 에반스 경, 내가 모셔온 여기이 두 분이면 회장님은 회복하실 것이라고 말입니다. 하하."

데니얼 엘트먼 이사의 말이 환청처럼 들려왔다.

피터 에반스 집사의 손이 덜덜 떨리고 있었다.

그리고 자신이 본 것을 다시 확인하려는 것인지 연신 안젤리나 부인과 에이미 레이얼의 얼굴을 살펴보았다.

자신의 오랜 기억 속에 묻혀 점점 잊혀 가던 아름다운 안젤리나 마님의 얼굴이 너무나 생생하게 되돌아와 있었다.

여러 사람들과 함께 섞여 있어도 단숨에 느낄 수 있을 정도로, 어쩌면 도도한 느낌마저 들던 기품이 넘치는 안젤리나 마님의 모습이 지금 자신의 앞에 현신해 있었다.

또한 청초하고 단아한 미모를 늘 자랑하던 에이미 레이얼 아가씨까지 자신이 기억하던 가장 아름다운 시절의 모습으로 돌아와 그의 눈앞에서 자신을 바라보고 있었다.

"어, 어떻게 이런 일이……."

피터 에반스는 한순간에 자신의 눈시울이 왈칵 적셔지는 것을 느꼈다.

그가 한서영과 김동하를 보며 울먹이는 목소리로 입을 열었다.

"저, 정말 두 분께서 우리 토마스 회장님을 살려주실 수 있습니까?"

피터 에반스는 안젤리나와 에이미의 변해버린 모습을 자신의 눈으로 보며 어쩌면 아까 데니얼 엘트먼 이사가 했던 말이 사실일지 모른다는 생각이 들었다.

한서영이 대답했다.

"물론이에요. 그리고 아저씨도 같이 치료를 받아야 해요."

"저, 저도 말입니까?"

피터 에반스는 토마스 레이얼 회장뿐만 아니라 자신까지 병을 치료해 준다는 말을 하자 가슴이 두근거리기 시작했다.

그때 안젤리나가 물었다.

"그게 무슨 말인가요? 피터도 어디가 아픈가요?"

데니얼 엘트먼이 힐끗 피터 에반스 집사를 바라보았다가 안젤리나 부인을 보며 입을 열었다.

"에반스 경도 상당히 위험한 상황입니다. 사모님!"

"위험하다고요?"

안젤리나는 단 한 번도 피터 에반스 집사가 어디가 아프다고 생각해 본 적은 없었다.

다만 근래에 와서 예전과는 달리 힘이 빠진 느낌은 들었지만 그것은 남편의 병수발 때문에 그가 지쳐가기 때문이라고만 생각했다.

데니얼 엘트먼이 가만히 입을 열었다.

"여기 제가 모셔온 닥터 김과 닥터 한이 저택에 도착해서 에반스 경을 보는 순간에 두 분이 먼저 에반스 경의 병을 알아차리셨습니다. 두 분의 말씀으로는 '렁캔쓸'이라고 하더군요. 에반스 경도 자신의 병을 알고 있었습니다."

"세상에……."

"피터 아저씨!"

안젤리나와 에이미 레이얼이 놀란 얼굴로 피터 에반스 집사를 바라보았다.

그 역시 남편과 같이 죽어가고 있었다는 것에 온몸이 떨릴 정도로 놀라는 안젤리나와 에이미였다.

피터 에반스가 눈을 껌벅였다.

자신이 죽을 때까지 모르게 비밀로 감추려 했지만 이제
는 돌이킬 수 없는 상황이 되어 버렸다.

"죄, 죄송합니다. 마님!"

안젤리나가 떨리는 손으로 집사의 손을 꼭 잡았다.

"왜 말을 하지 않았어요? 어떻게 그렇게 아픈 것도 참고
있었던 거예요? 피터."

"아저씨."

에이미 레이얼도 놀란 마음에 피터 에반스 집사를 꼭 껴
안았다.

피터 에반스가 입을 열었다.

"토마스 회장님이 돌아가실 때까지만 어떻게든 버티려
고 했습니다. 제가 아픈 것을 두 분이 아시면 토마스 회장
님을 누가 보살핍니까?"

"흐흑 피터!"

"아저씨."

안젤리나와 에이미는 집사인 피터 에반스가 어떤 마음으
로 남편과 아버지를 보살핀 것인지 그제야 절감했다.

두 여인이 피터 에반스의 손과 팔을 잡고 눈물을 흘렸다.

안젤리나가 김동하를 바라보며 물었다.

"피터도 살려주실 수 있나요?"

김동하가 빙그레 웃으며 대답했다.

"물론입니다."

"아아 고마워요. 이 은혜는 절대로 잊지 않을 거예요."

남편에 이어 남편이 죽을 때까지 우정을 함께하던 피터 에반스 집사까지 살려준다는 말에 안젤리나는 마치 지금의 이 상황이 꿈을 꾸는 것처럼 느껴졌다.

그리고 이것이 혹시 꿈이라면 너무나 무서울 것 같아서 연신 김동하와 한서영을 확인하고 또 확인했다.

그때였다.

두 여인의 손을 마주잡고 있던 피터 에반스가 깜박했다는 듯이 입을 열었다.

"참! 마님과 아가씨께서 예전처럼 아름다운 모습으로 변한 것에 너무나 놀라 잠시 말씀드려야 할 것을 잊었습니다."

안젤리나가 눈을 깜박이며 물었다.

"뭔가요?"

피터 에반스의 얼굴이 굳어졌다.

"듀크 도련님이 지금 저택에 도착했습니다, 회장님의 병문안을 왔다고 하는데 문을 열어달라고 하시더군요."

순간 안젤리나와 에이미의 얼굴도 굳어졌다.

"듀크가 왔다고요?"

안젤리나 부인이 싸늘한 목소리로 입을 열었다.

"그 애가 토마스의 병문안을 왔다니 말 그대로 개가 웃을 일이네요."

남편이 토마스 레이얼이 혈액암의 판정을 받자 마치 그것이 전염병이라도 된 듯 그토록 뻔질나게 들락거리던 이곳으로의 발걸음을 딱 끊어버린 것을 안젤리나는 너무나 잘 알고 있었다.

그뿐만 아니라 시동생인 로빈 레이얼과 작당하여 남편이 이루어 놓은 모든 재산을 뺏으려 한다는 것도 알고 있었다.

남편과 함께 지금의 레이얼 시스템을 만들어 놓은 사람들을 해고시켜 회사를 떠나게 만들었다는 것도 잘 알았다.

또한 남편 대신 로빈 레이얼이 회사를 장악하자 마치 자신의 세상이라도 만난 듯 자신과 에이미를 무시하기 시작한 듀크 레이얼이었다.

그런 그가 병문안을 왔다는 것이 믿어지지 않았다.

데니얼 엘트먼이 입을 열었다.

"제가 공항에 도착해서 비서에게 회장님을 뵈러 저택으로 갈 것이라고 말했는데, 아마 그것을 확인하려는 것 같습니다."

그때였다.

똑똑.

또다시 문에서 노크소리가 들려왔다.

피터 에반스 집사와 안젤리나 부인 그리고 에이미 레이

조선남자
朝鮮男子

얼까지 놀란 얼굴로 문을 바라보았다.

데니얼 엘트먼 이사의 표정도 굳어져 있었다.

그때 문 밖에서 여자의 목소리가 들려왔다.

"에반스 집사님! 거실에 로빈 부회장님의 전화가 와 있습니다."

저택의 주방을 관리하고 있던 로시나 부인의 목소리였다. 흑인 여성이었지만 손끝이 깔끔하고 요리 실력이 좋아서 안젤리나 부인이 좋아하는 사람이었다.

더구나 입이 과묵하고 저택에서 생긴 일을 외부로 떠들거나 발설하지 않는다는 것도 로시나 부인이 아직까지 저택을 떠나지 않은 이유였다.

피터 에반스 집사의 표정이 굳어졌다.

안젤리나가 문 밖을 향해 대답했다.

"로시나 부인! 전화를 이쪽으로 연결해 주세요."

예전처럼 힘이 빠진 목소리가 아닌 약간은 칼칼하게 날이 선 목소리였지만 로시나 부인은 단번에 안젤리나 부인의 목소리라는 것을 알아차렸다.

이내 대답소리가 들려왔다.

"예! 마님."

잠시 후 저택 접객실의 전화기가 울렸다.

찌르르릉—

엔틱풍의 고풍스런 전화였지만 저택의 분위기와 잘 어울

려 안젤리나가 마음에 들어 하던 전화기였다.

피터 에반스가 전화기 옆의 검은색 플라스틱상자의 앞쪽
에 달린 붉은색의 버튼을 눌렀다.

외부에서 걸려온 전화의 내용이 모두 녹음되는 녹음장치
였다.

이내 상자의 위쪽에 붉은색의 램프불이 켜지며 녹음을
알리는 표시가 떠올랐다. 또한 통화내용은 방안의 모든 사
람이 들을 수 있도록 스피커폰으로 전환되었다.

딸칵.

안젤리나가 전화를 받았다.

"여보세요?"

안젤리나의 목소리는 남편의 투병으로 인해서 상당히 힘
이 빠져 있었던 예전과는 달리 살짝 매서운 느낌이 들었
다.

―…….

피터 에반스 집사가 전화를 받으리라고 생각했던 게 빗
나갔는지 상대방이 잠시 말을 멈추었다.

하지만 이내 굵은 사내의 음성이 들려왔다.

―형수님! 저 로빈입니다.

전화기를 통해 들려오는 목소리는 로빈 레이얼 부회장의
목소리였다. 로빈 레이얼은 자신의 통화가 녹음되고 있고
스피커로 전송되고 있다는 것을 전혀 눈치채지 못했다. 토

마스 레이얼이 자신의 친형이었지만 이곳은 엄격하게 토마스 레이얼 부부의 저택으로 관리되고 있었기에 비록 친동생이라고 해도 이곳의 모든 시설을 완벽하게 인지하지 못한 것이다.

그 역시 이곳을 방문하면 남편의 동생이라는 신분을 가진 손님일 뿐이었다.

안젤리나의 눈썹이 살짝 치켜져 올랐다.

"로빈 삼촌께서 무슨 일인가요?"

이미 로빈 레이얼이 어떤 야심을 품고 있는지 잘 알고 있는 안젤리나로서는 고운 목소리가 나올 수가 없었다.

그것을 느낀 것인지 이내 전화기를 통해 살짝 웃음소리가 들려왔다.

—하하. 형수님께서 저에게 많이 화가 나신 것 같군요?

안젤리나가 문밖에 로빈 레이얼이 서 있는 것처럼 문 쪽을 노려보며 입을 열었다.

"토마스가 이루어놓았던 것을 모두 망치려 하는 사람이 로빈 삼촌이 아닌가요?"

—그건… 모두가 함께 잘살자는 의미로 진행한 일입니다. 사실 형님의 곁에는 무능한 자들이 너무 많아 그자들을 처리하는 것이 급했습니다.

"그래서 토마스가 죽기도 전에 토마스가 만들어놓은 모든 것을 흔적조차 남기지 않고 버리려 했나요?"

시동생인 로빈 레이얼 부회장에 의해 급조된 구조조정 본부장이라는 자리가 만들어졌고 그 자리에 은행에 잘 다니던 자신의 아들 듀크 레이얼을 끌어와 앉혔다는 것도 안젤리나는 이미 알고 있었다.

야심가인 아버지에 의해 급조된 구조조정 본부장이라는 신분으로 레이얼 시스템의 인사권을 장악한 조카 듀크 레이얼의 손에 남편인 토마스 레이얼과 함께 지금의 레이얼 시스템을 만들었던 사람들이 회사를 떠나기 시작했다는 것도 들었지만 안젤리나 부인으로서는 어찌할 방법이 없었다. 단 한 번도 남편의 회사에 관여해본 적이 없었기 때문이다.

다만 조카 듀크 레이얼에 의해 회사에서 해임되어 회사를 떠나기 전에 마지막 희망으로 회장의 부인인 안젤리나에게 하소연했던 레이얼 시스템의 임원들의 입을 통해 곧 레이얼 시스템이 시동생인 로빈 레이얼 부회장의 손에 의해 다른 거대기업에 매각될 것이라는 말도 들었다. 그리고 그것은 남편이 세상에 남겨놓은 마지막 흔적을 지우는 것처럼 서운하게 느껴졌던 안젤리나였다.

시동생이 형수인 자신에게 단 한마디도 상의하지 않고 독단적으로 결정한 것이었기에 그 서운함은 더했다.

로빈 레이얼이 남편의 흔적을 지우고 있음을 그제야 절감했지만 지금까지 진행된 것에 어느 것도 관여할 수가 없

었다. 안젤리나의 눈매가 매서워졌다.

남편이 죽어가고 있다는 것을 알게 되면서 모든 것에 의욕을 잃어버린 안젤리나였다.

시동생인 로빈 레이얼이 남편의 회사인 레이얼 시스템을 어떻게 망가트리고 있는지 알았지만 자신으로서는 할 수 있는 것이 아무것도 없었다.

남편 대신 회사를 운영하고 싶지도 않았고 남편이 없는 회사에 가보고 싶은 생각도 들지 않았다.

그것이 로빈 레이얼의 야심을 더 노골적으로 드러내게 만들었지만 그럼에도 회사 일에는 관여할 생각이 없었다.

안젤리나의 뾰족한 대답을 들은 로빈 레이얼 부회장의 웃음소리가 전화기를 통해 들려왔다.

―하하하, 뭐 아무것도 모르시는 형수님께 회사 일에 대해서 설명 드리기는 좀 그러네요. 다만 형수님이 염려하실 일은 아닌 것 같습니다. 형수님이야 딱딱한 회사 일보다는 에이미랑 마음 편히 지내시는 것이 더 좋지 않겠습니까? 형님 일은 안타깝지만 평생을 슬퍼하면서만 살 수는 없으니 편히 지내실수 있도록 만들어드릴 생각입니다. 물론 그 준비는 제가 모두 해드리겠습니다.

안젤리나가 입술을 잘근 깨물었다.

"전화를 한 용건이 뭔가요?"

―아! 잠시 잊을 뻔했군요. 뭐 형님이 지금 회사의 운영

상태보고를 들으시기는 힘드시겠지만 지금까지 진행되고 있는 상황을 마지막으로 형님께 알려드려야 제가 마음이 편할 것 같아서 잠시 후 찾아뵐 생각입니다. 오랜만에 형님 얼굴도 보고 싶기도 하고 말이지요.

"여길 온다고요?"

―하하 제가 못 갈 곳을 갑니까? 형님 집이면 저의 집이나 마찬가지가 아닙니까? 가서 형님 얼굴도 보고 회사 현황보고도 드릴 생각입니다. 지금 상황에서 형님이야 들을 수 없을지 모르지만 그렇게라도 해야 제 마음이 편할 것 같아서 형수님께 먼저 양해를 구하는 겁니다.

안젤리나의 얼굴이 무표정하게 변했다.

오히려 그것이 지금의 안젤리나가 얼마나 화가 나 있는 것인지 증명하는 듯했다.

"못 오게 하면 안 오실 건가요?"

―그럴 수야 없지요. 그리고 알아보니 현재 형님과 형수님께서 거주하시고 계시는 저택이 레이얼 시스템의 회사 자산으로 매입한 것이더군요. 뭐 형수님이나 에이미에게는 그곳이 형님과의 추억이 많은 곳이니 떠나기 힘들겠지만, 형님의 추억만으로 저택을 운영하기에는 저택의 규모가 너무 크고 회사에서 저택의 관리비용을 부담하는 것도 어려울 것 같아 저택을 매각하여 회사자산으로 인입시킬 생각입니다. 아! 물론 형수님과 에이미가 지내기에 충분

할 정도의 집은 제가 뉴욕 쪽에 알아보고 있습니다.

남편이 저택에서 투병생활을 시작하면서도 자신과 에이미가 저택에 홀로 지내기에는 저택이 너무 크다는 말로 압력을 넣었던 로빈 레이얼이 이제는 노골적으로 저택의 매각을 말하고 있었다.

안젤리나의 안색이 창백하게 변했다.

"이곳을 매각한다고 했어요?"

—어쩔 수 없는 일입니다. 평소 형님이 회사의 자산을 방만하게 사용했던 것이지요. 이런 일은 형수님께서 이해해 주셔야 합니다.

로빈 레이얼의 목소리가 능글능글하게 들렸다.

안젤리나의 눈에 불꽃이 튀었다.

"이 집은 나와 토마스가 결혼하면서 처음으로 만든 집이에요. 회사 돈이 아닌 당시 신제품 개발로 레이얼 시스템이 본궤도에 오르면서 토마스에게 배당된 정당한 보수로 매입한 곳이고 이곳의 명의도 제 것으로 되어 있어요. 로빈 삼촌이 함부로 거론할 곳이 아니란 말이에요."

—하하 형수님께서 자꾸 그렇게 고집하시면 결국 소송으로 가게 될 텐데 레이얼 시스템의 법무팀이라면 형수님께 상당히 불리하게 작용될 것입니다. 형님이 계시면 모르는데 형수님도 아시다시피 형님은 이제 얼마 견디지 못합니다. 그리고 형수님이 그렇게 고집을 피우시면 결국 저와

대립하게 될 거고, 그럴 경우 저는 형수님의 시동생인 로빈 레이얼이 아닌 레이얼 시스템의 부회장으로 원칙적인 대응을 할 겁니다. 그럴 경우 어쩌면 제가 형수님과 에이미에게 드릴 혜택까지 거두어들일 수도 있습니다.

그의 목소리가 접객실의 모든 사람들의 귀에 마치 낙인처럼 박혀들었다. 가만히 로빈 레이얼의 목소리를 듣고 있던 피터 에반스 집사의 눈에 분노가 차올랐다.

이곳이 어떤 곳인지 너무나 잘 알고 있는 피터 에반스였다. 개인적인 사욕이 없을 정도로 물질 면에서는 너무나 담백한 인품을 가진 토마스 레이얼 회장이었다.

그 때문에 회장으로서 배당금을 받으면 대부분의 자금은 안젤리나 부인이 관리했다.

하지만 안젤리나 역시 돈이나 물질에서는 담백한 성품이었다. 오히려 토마스 레이얼 회장이 가져온 돈을 또다시 레이얼 시스템의 연구비로 내주거나 신제품 개발자금으로 집행하는 경우가 대부분이었다.

그 때문에 두 부부에게 남겨진 재산이라고는 이곳 저택 하나가 전부라고 해도 과언이 아니었다.

그런 상황에서 로빈 레이얼이 마지막 남은 안젤리나의 저택까지 내놓으라고 압박하는 것은 짐승이나 하는 비열한 욕심처럼 느껴졌다. 안젤리나가 차갑게 입을 열었다.

"그렇게 될 수 있는지 두고 보죠."

—제가 저택에 도착하면, 우선 형님이 임종하면 저택에 근무하던 모든 직원들을 해고할 생각입니다. 아! 에반스 집사도 역시 마찬가지니 미리 준비해야 한다고 형수님께서 말씀을 해주시는 것이 좋을 것 같군요. 하하 그럼 잠시 후에 뵙지요.

딸칵.

전화가 끊어졌다. 한쪽에서 로빈 레이얼 부회장이 한 말을 모두 들은 데니얼 엘트먼의 손가락이 부들부들 떨리고 있었다. 그로서도 참기 힘들 정도로 너무나 사악한 로빈 레이얼의 욕심이었다.

오히려 그런 로빈 레이얼과 이렇게 차분하게 대화를 나눈 안젤리나 부인이 존경스러운 느낌까지 들 정도였다.

전화기를 내려놓은 안젤리나의 얼굴이 창백하게 변해 있었다. 착하고 순수하던 에이미 레이얼까지 화났다는 걸 단번에 알 수 있을 정도로 얼굴에 분노가 떠올라 있었다.

안젤리나가 김동하를 바라보았다.

"들으셨다시피 지금의 상황이 이렇게 된 것은 토마스가 죽어가고 있기 때문이에요. 그러니 할 수만 있다면 당장이라도 토마스를 일어나게 해주실 수 있나요?"

김동하가 머리를 끄덕였다.

"그렇게 하겠습니다."

한서영도 좀 전의 로빈 레이얼 부회장과 안젤리나 부인

의 통화 내용을 들으면서 로빈 레이얼이 참으로 욕심이 많은 인간이라는 것을 절감했다.

더 많은 것을 얻기 위해 친 혈육과도 같은 사람의 등을 찌르고 스스로 인간이기를 포기하는 사람들이 있다는 것을 한서영으로서는 처음으로 경험했다.

안젤리나의 부탁으로 김동하와 한서영이 토마스 레이얼 회장의 치료를 시작하겠다는 말을 하자 듣고 있던 피터 에반스 집사가 끼어들었다.

"자, 잠깐만 기다려 주십시오. 두 분 선생님들."

갑작스런 피터 에반스의 제지에 김동하와 한서영이 그를 바라보았다. 안젤리나가 물었다.

"왜 그래요? 피터."

피터 에반스가 잠시 머뭇거리다가 입을 열었다.

"아까 얼핏 들었는데 확실하지 않아서 말씀을 드리지 못하였습니다. 마님."

"뭔데요?"

"토마스 회장님의 주치의인 존슨 박사가 누군가와 전화 통화를 하면서 저택의 상황을 외부에 알린 것 같습니다."

"존슨 박사가요?"

"예."

피터 에반스가 힐끗 한서영과 김동하를 바라보았다.

"존슨 박사가 통화를 하면서 저 두 분 의사선생님의 생김

새와 나이 등을 알려주는 것 같았지요."

피터 에반스의 말에 안젤리나의 입에서 탄성이 흘러나왔다.

"아~"

그제야 갑자기 아무런 통보도 없이 조카 듀크 레이얼이 왜 저택에 나타난 것인지 단숨에 알 수 있었다.

"존슨 박사가 듀크와 통화를 한 모양이네요."

피터 에반스도 머리를 끄덕였다.

"저 역시 그렇게 생각이 들었는데 확실하지가 않아서 말씀을 드리지 못했습니다."

안젤리나의 미간이 좁혀졌다.

"그럼 두 분께서 토마스를 치료할 때 존슨 박사가 보게 된다면 또 그게 흘러나갈 수도 있겠군요?"

피터 에반스가 머리를 끄덕였다.

"그래서 잠시 존슨박사를 다른 곳으로 보내야 할 것 같습니다."

안젤리나가 눈을 껌벅였다.

"어디로요?"

"저택 입구에 듀크 도련님이 오셨으니 그분께 보내면 될 것입니다. 존슨 박사가 저택을 나가면 저택의 출입구를 봉쇄하면 되니 여기 두 분께서 토마스 회장님을 치료하는 장면은 박사가 보지 못할 것입니다."

피터 에반스 집사의 계략은 참으로 절묘했다.

박사가 통화한 상대가 듀크 에반스라면 존슨 박사는 듀크 에반스가 정문에서 기다리고 있다는 말을 전해줄 경우 거절하지 못할 것이 분명했다.

결국 존슨 박사가 저택을 나서서 정문으로 갈 경우 다시 저택으로 들어오지는 못할 것이니 그때 김동하와 한서영이 토마스 레이얼 회장을 치료하면 되었다.

안젤리나가 머리를 끄덕였다.

"그럼 피터가 존슨 박사에게 조카 듀크가 정문에서 만나길 원한다고 전해주세요. 그가 저택을 나가면 문을 잠그는 것도 잊지 마시고요. 그리고 피터도 같이 치료를 받아야 해요. 존슨 박사와 함께 정문으로 가면 안 된다는 말이에요."

피터 에반스가 머리를 끄덕였다.

"물론입니다 마님! 곧 돌아오겠습니다."

피터 에반스는 자신의 눈으로 평생 단 하나뿐이라고 생각하며 살아온 친구 토마스 레이얼을 치료하는 장면을 직접 보고 싶었다.

이내 피터 에반스 집사가 문을 열고 밖으로 나갔다.

존슨 박사가 나가면 곧 돌아올 것이니 김동하와 한서영은 이곳에서 차분하게 기다리는 것이 당연했다.

이내 접객실에서는 묘한 침묵이 흘렀다.

안젤리나는 자신과 딸에게 다시 젊음을 돌려준 김동하의 모습을 간절함을 담고 바라보았다.

뉴저지의 오후는 끈끈한 늦여름의 열기에 뒤덮여 있었지만 석조로 만들어진 저택의 내부는 그야말로 에어컨이 필요 없을 정도로 시원하게 느껴졌다.

예전에는 말로 설명하기 힘든 적막함이 감돌던 공간이었지만 김동하와 한서영이 머물고 있는 이 순간은 묘한 활력을 되찾은 느낌까지 들었다.

삐삐삐—

후욱—후욱—.

규칙적인 신호음과 함께 가늘게 이어지고 있는 숨소리가 끊어질 듯 위태로워 보였다.

하얀색의 침대 위에는 눈을 감고 있는 깡마른 노인이 꿈을 꾸듯 잠들어 있었고, 침상의 옆쪽으로 각종 의료용 계측장비들이 노인의 몸 이곳저곳에 센서로 이어져 있었다.

노인의 코와 입에는 투명한 산소튜브가 연결되어 있었다. 깡마른 노인의 눈자위는 마치 우물이 패이듯 깊게 패어 있었다. 한쪽에서 침상 위의 노인을 바라보는 50대의 흰 가운차림의 사내가 머리를 흔들었다.

"참으로 끈질긴 생명력이군. 끊어질 듯하면서 끊어지지 않고 전신의 힘을 다해 붙들고 있다는 느낌이 들어."

가운 차림의 사내는 토마스 레이얼 회장의 주치의인 그레이엄 존슨 박사였다. 한쪽에서 계기에 표시되는 숫자를 시간별로 체크해 차트에 적어 넣고 있던 40대의 금발여인이 머리를 돌려 존슨 박사를 바라보았다.

"회장님이 다시 살아나실까요?"

토마스 레이얼 회장의 전담간호사 제니스 엘리언이다.

존슨 박사가 머리를 흔들었다.

"기적이 일어난다고 해도 그런 일은 없을 거야. 다만 곧 숨이 멎어도 이상하지 않을 정도인데도 끈질기게 생명을 이어가고 있다는 것이 놀라워. 어쩌면 저게 지금의 레이얼 시스템을 만들어낸 토마스 회장의 집념과도 같다는 생각이 들 뿐이야."

존슨 박사의 말에 간호사 제니스 엘리언의 표정에 안타까움이 스쳤다.

"안타까워요. 다시 살아나신다면 얼마나 좋을까?"

존슨 박사가 입술을 비틀었다.

"1억분의 1로 기적적으로 회복 한다 쳐도 다시는 정상적인 생활을 하지 못할 거야. 말 그대로 좀비처럼 의지도 없이 본능적으로만 움직이는 괴물이 되어버릴 테니까."

제니스 엘리언이 머리를 돌려 토마스 레이얼 회장을 바라보았다.

"혹시 그 동양에서 왔다는 두 명의 의사들이라면 회장님

을 다시 살려낼 수 있을까요?"

존슨 박사가 피식 웃었다.

"이제 20대가 갓 넘은 새파란 동양인 의사들이야. 데니얼 엘트먼 이사가 마지막 수단이라도 써 볼 생각으로 데려왔을지 모르지만 저 몸에 그다지 쓸모도 없는 아큐펑처(Acupuncture—동양침술)로 몇 번 찔러보고 말뿐이겠지. 아마 살려낸다면 엄청난 거금을 약속했겠지만 지금상황에서 그들이라고 할 수 있는 것은 없어."

존슨 박사는 토마스 레이얼 회장의 죽음은 이제 정해진 운명이기에 절대로 변화가 없을 것이라고 생각했다.

그때였다.

똑똑.

문에서 노크소리가 들리면서 열려진 문으로 피터 에반스 집사가 들어왔다.

"존슨 박사님."

존슨 박사가 머리를 돌렸다. 방으로 들어선 피터 에반스 집사는 침대 위에 눈을 감은 채 누워 있는 토마스 레이얼 회장을 보며 멈칫했다. 볼 때마다 자신의 가슴이 무너질 것 같은 안타까운 회장의 모습이었다.

존슨 박사는 갑자기 나타난 피터 에반스를 보며 눈을 껌벅였다.

"무슨 일이오? 에반스 집사."

피터 에반스가 흐려진 눈을 껌벅이며 존슨 박사를 바라보았다.

"정문으로 나가 보셔야 할 것 같습니다."

"뭐요?"

"듀크 도련님이 찾아와 박사님을 만나길 원합니다."

"듀크 도련님? 듀크 레이얼 본부장을 말하는 것입니까?"

피터 에반스가 머리를 끄덕였다.

"예! 급한 것 같습니다만."

"그래요?"

존슨 박사가 머리를 갸우뚱했다.

듀크 에반스가 자신을 만나길 원한다면 자신에게 전화를 걸었겠지 이렇게 저택으로 찾아와 만나기를 원하는 것은 황당하다는 생각이 들었다. 하지만 전화로 통화하기 거북한 일일 수도 있다는 생각에 머리를 끄덕였다.

"알겠소. 근데……."

막 밖으로 나가려던 존슨 박사가 전갈을 전하고 몸을 돌리려던 피터 에반스를 불렀다.

"그 데니얼 엘트먼 이사가 데려온 동양인 의사들은 뭘 하고 있소?"

"그냥 접객실에서 마님을 만나서 차를 마시면서 대화를 하고 있는 것 같습니다."

"대화?"

"예!"

"기가 막히는군. 당장에 숨이 끊어져도 이상하지 않을 회장님을 보는 대신에 사모님과 대화를 나누고 있다니…… 쯧."

머리를 절레절레 흔든 존슨 박사가 혀를 찼다.

하지만 이내 그가 성큼 걸음을 옮겨 방을 빠져나갔다.

존슨 박사의 걸음이 빨라서 천천히 방을 나가던 피터 에반스 집사를 앞질러버렸다. 순간 존슨 박사의 뒷모습을 바라보는 피터 에반스의 눈이 반짝였다.

그가 느긋한 걸음으로 존슨 박사의 뒤를 따랐다. 이내 저택의 현관으로 나선 존슨 박사가 손으로 이마를 가리고 저택의 정문 쪽을 바라보다가 머리를 흔들었다.

저택의 현관에서는 입구의 정문이 보이지 않는다는 것을 다시 한번 깨달은 존슨 박사였다.

이내 그가 걸음을 옮겨 저택의 현관 앞 정원에 있는 원형의 꽃밭과 분수대를 빙 돌아서 저택의 정문으로 향했다. 그가 저택의 정문으로 향하는 동안 그의 등 뒤에서는 저택의 모든 입구가 하나씩 닫혀가고 있었다.

〈다음 권에 계속〉